睫毛

1st Episode

負債魔王

Devil Game

Devil Game Devil Game Devil Gam

evil Game Devil Game Devil Game

Devil Game Devil Game Devil Gam

evil Game Devil Game Devil Game

Devil Game Devil Game Devil Gam

evil Game Devil Game Devil Game

Devil Game Devil Game Devil Gam

evil Game Devil Game Devil Game

Devil Game Devil Game Devil Gam

evil Game Devil Game Devil Game

Devil Game Devil Game Devil Gam

evil Game Devil Game Devil Game

Devil Game Devil Game Devil Gam

Devil Game Devil Game Devil Game

Devil Game Devil Game Devil Gam

Devil Game Devil Game Devil Game

evil Game Devil Game Devil Game

Devil Game Devil Game Devil Game

evil Game Devil Game Devil Game

Devil Game Devil Game Devil Game

evil Game Devil Game Devil Game

Devil Game Devil Game Devil Game

evil Game Devil Game Devil Game

Devil Game Devil Game Devil Game

evil Game Devil Game Devil Game

Devil Game Devil Game Devil Game

evil Game Devil Game Devil Game

Devil Game Devil Game Devil Game

evil Game Devil Game Devil Game

Devil Game Devil Game Devil Game

負債魔王

Devil Game

C o n t e n t

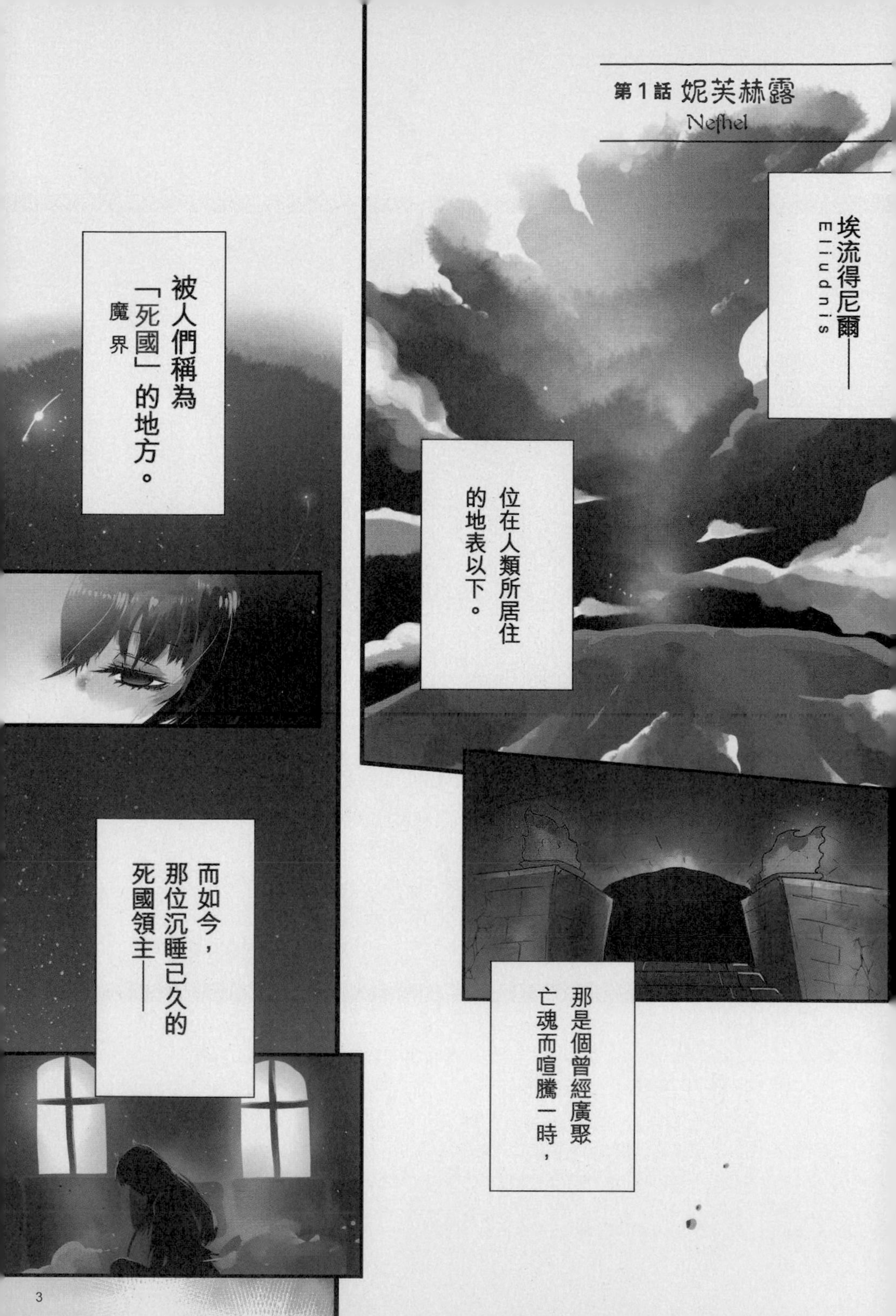
第1話 妮芙赫露
Nefhel
埃流得尼爾——
Eliudnis
位在人類所居住的地表以下。
那是個曾經廣聚亡魂而喧騰一時，
被人們稱為「死國」的地方。
魔界
而如今，那位沉睡已久的死國領主——

呼……啊啊！
伸懶腰
魔王．赫露
再次覺醒——
負債魔王
Devil Game
ACT 1 NEFHEL
妮芙赫露

……呼，
不小心睡著了嗎？真難得我……
!?
嗚哇！這什麼？
支離破碎
衣服也未免風化得太嚴重……
嘶—
記憶也很混亂，
看來我睡了相當長的時間。
？
到底……
怎麼回事？
……您終於醒來了，
赫露陛下。

這聲音是……歌布琳？
究竟發生什麼……
轟轟轟！
殘破不堪

這、這是怎麼一回事？
……誠如您所見，死國滅亡了。
Eliudnis

那是滅蟑。
那是隔壁家的魔王。請面對這個詞好嗎？
怎麼可能有辦法面對啊？突然跟我說滅亡什麼的！
……
唉。忘了嗎……？
一百……正確來說是一百零二年前，
？
人類全面向死國宣戰。
史稱——「埃流得尼爾殲滅戰」。
面對身體素質先天不同的軟弱人類，
結果當然是死之國壓倒性操弄戰局的——
絕大勝利！

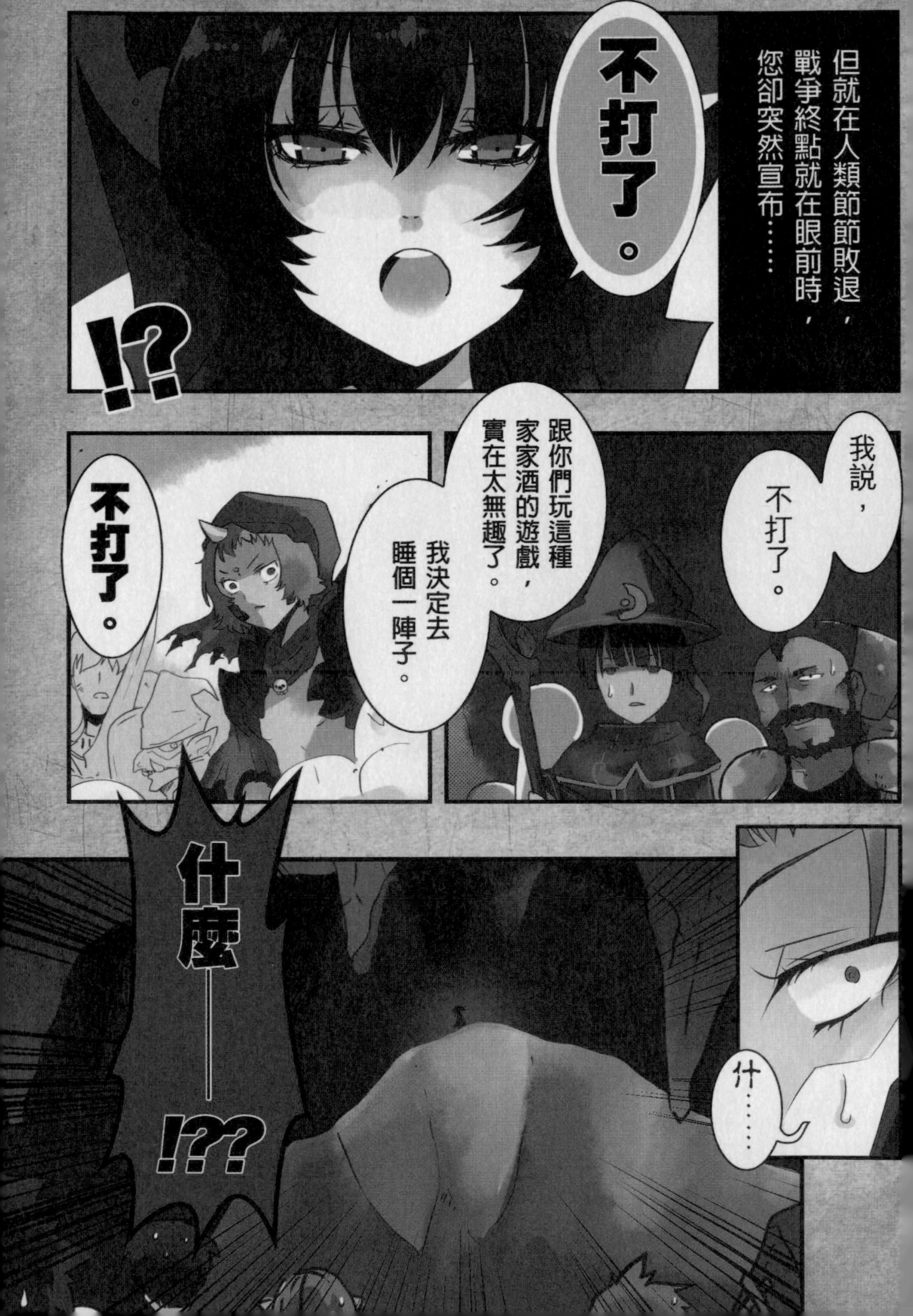
但就在人類節節敗退，戰爭終點就在眼前時，您卻突然宣布……
不打了。
!?
我說，不打了。
跟你們玩這種家家酒的遊戲，實在太無趣了。
我決定去睡個一陣子。
不打了。
什……
什麼——!??

之後……沒了總指揮的死國軍隊在錯愕中，
遭受逆轉，讓人類士氣大振。
「埃流得尼爾殲滅戰」，以人類的勝利為最終結果。
啊……好像有這麼一回事。
我不知道您中途脫離戰場，背後有什麼隱情。
但不可否認的，
戰爭的全面失敗，您可是「頭號戰犯」呢。
嗶咕
我想起來了，那場無趣的殲滅戰爭，
但那又如何？

憑著包含妳在內的八位「王的家臣」，以及我赫露的力量，
面對人類那些傢伙……
收復死國失土是輕而易舉的吧？
……不，那是不可能的。
您自己沒發現嗎？
您的魔力早就消失得無影無蹤了。
!?
在所有統治眾神之地的領主中，以「最強」力量君臨大地的傳說惡魔——
死國女王「赫露」

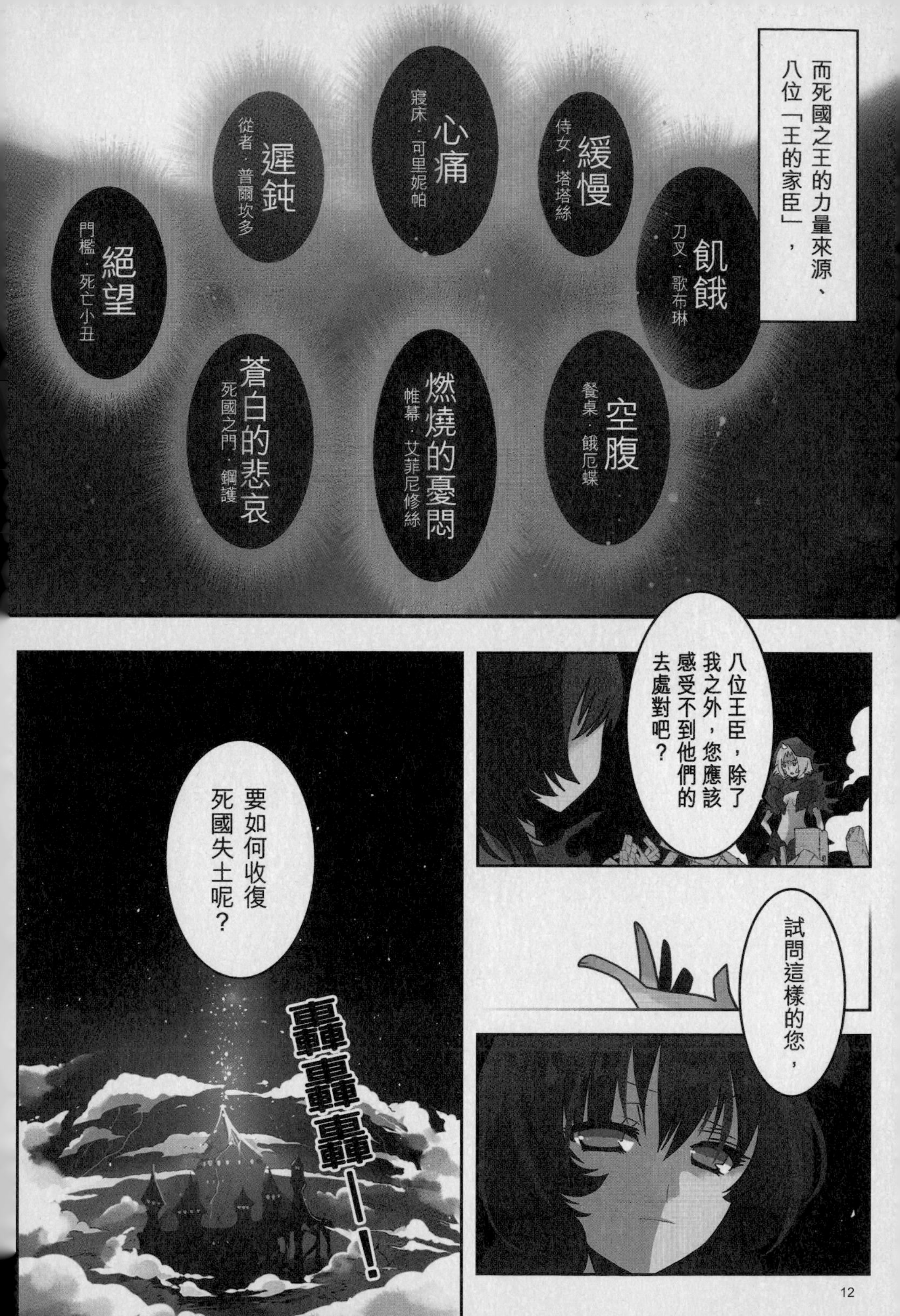

而死國之王的力量來源、八位「王的家臣」，
飢餓
刀叉・歌布琳
緩慢
侍女・塔塔絲
心痛
寢床・可里妮帕
遲鈍
從者・普爾坎多
絕望
門檻・死亡小丑
空腹
餐桌・餓厄蝶
燃燒的憂悶
帷幕・艾菲尼修絲
蒼白的悲哀
死國之門・鋼護
八位王臣，除了我之外，您應該感受不到他們的去處對吧？
試問這樣的您，
要如何收復死國失土呢？
轟轟轟——！

我的力量……消失了？
這是怎麼一回事？
說是完全消失似乎太誇張了呢。
但頂多也只能做到把水變成酒之類的把戲。
也就是說，依您現在的本事，
恐怕連一個人類村民都贏不過呢。
哼——
緊握
不要太小看我，百年前的衣服連保持原樣都不行，
代表我的魔力幾乎消失，這種事我一開始就知道了。
我想知道的是——
為什麼？

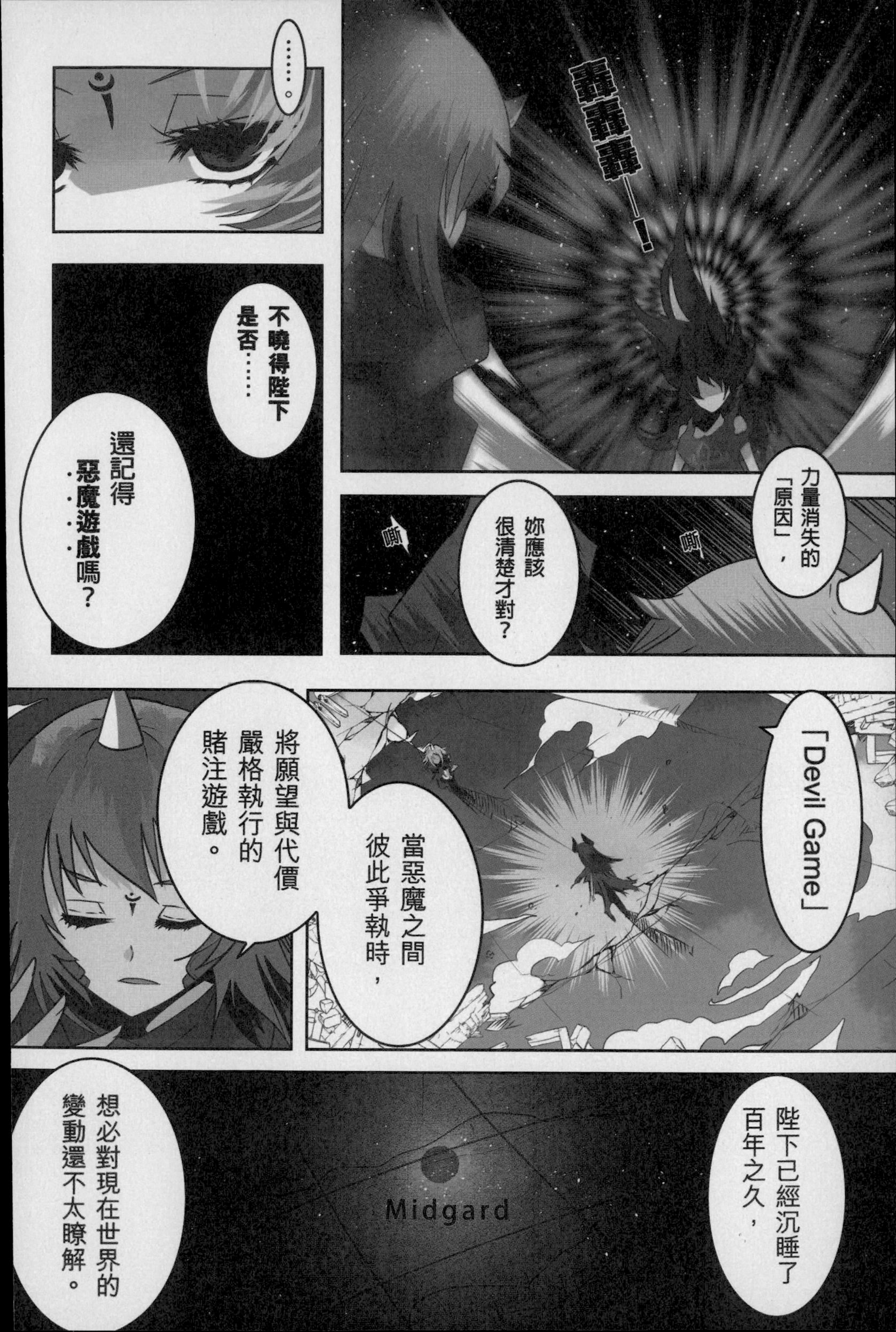
轟轟轟——！
……。
力量消失的「原因」，
妳應該很清楚才對？
嘶
嘶
不曉得陛下是否……
還記得惡魔遊戲嗎？
「Devil Game」
當惡魔之間彼此爭執時，
將願望與代價嚴格執行的賭注遊戲。
陛下已經沉睡了百年之久，
Midgard
想必對現在世界的變動還不太瞭解。

先撇開巨人族與眾神的覬覦不談，
陛下必須知道的事情，
有兩個。
首先，那位被稱為「魔狼」、真王的長子，
也就是陛下您的兄長——「奮利斯」，
在面對人類的「英雄王」時，
徹底敗北，身負重傷。

雖然魔族的肉體不至於滅亡，但短期內很難有什麼作為。

所以尋求陛下兄長的協助是不可行的

而連戰皆捷的人類英雄王雖然因年邁過世，
其子「西格德」繼任為新國王，擁有不輸父親、更賢明的治理能力。
人們不再依賴白精靈的智慧，不斷努力學習對抗惡魔的魔導學，
現今的人類已經跟百年前不同，
足以成為令我們畏懼的存在。
而第二件事——陛下您的八位家臣……
在殲滅戰結束後，紛紛放棄了王臣的身分。

而，不論是對於戰爭的空前挫敗，
還是無法接受王的中途脫離，
總之，留滯至今的我……
歌布琳，
從即刻起，
也隨之解除王臣的契約。
!?
……如何？
這種既無力量，又失去王臣，面對的盡是強敵……
毫無退路的感覺。
正是一百年前，我們這些魔族被拋下的錯愕與震驚。

囉唆了一堆，用意只是要試探我嗎？
不管是身為領主的氣度，
還是面對人類——
是否願意帶領所有魔族，不惜一戰的覺悟。
不管哪個，
用「Devil Game」對我宣戰是最直接的辦法吧？
……隨便您怎麼解讀，

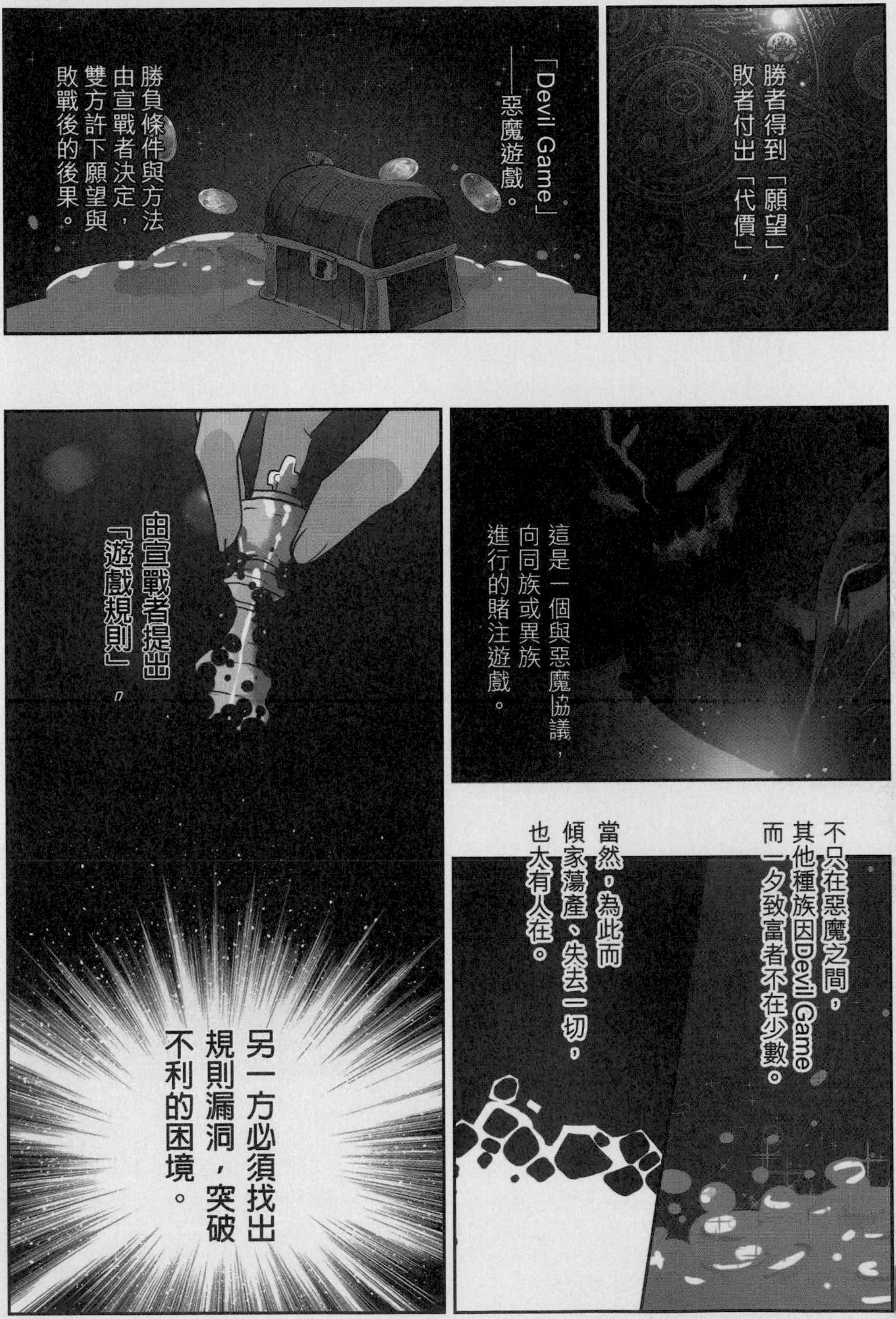
勝者得到「願望」，
敗者付出「代價」，
「Devil Game」
——惡魔遊戲。
勝負條件與方法
由宣戰者決定，
雙方許下願望與
敗戰後的後果。
這是一個與惡魔協議，
向同族或異族
進行的賭注遊戲。
不只在惡魔之間，
其他種族因Devil Game
而一夕致富者不在少數。
當然，為此而
傾家蕩產、失去一切，
也大有人在。
由宣戰者提出
「遊戲規則」，
另一方必須找出
規則漏洞，突破
不利的困境。

「Devil Game」
就是本質上如此簡單的遊戲。
……
瞧妳說得言之有物，
在說大話之前，
無論是魔力喪失的原因，
妳都得先找出致勝關鍵贏過我才行呢。
還是想讓我再次臣服，
劃開

無論是惡魔還是人類的血液，
都常用來作為儀式、占卜之用，
因為其中混有很多
情報、記憶與想法，
我想，
這場賭局的規則，
就讓「她」來解釋吧。
發光！
轟轟轟——！

……說起來，我還得感謝妳呢，
對一個已經一無所有的惡魔來說，這可是——
碎裂！
嘶咻——！
求之不得的對決啊。

「Devil Game」中特有的執法惡魔（貝德貳型），
是專門為賭局而召喚的魔造物。
可以讀取血液情報，熟知所有惡魔遊戲規則，
並完全公斷處置的執法者。
所以一旦失敗，就沒有任何僥倖、
規避、求饒、
作弊的方法，
即使敗者自我了斷，只要願望不是「生命」，
貝德也能用各種方式取回代價。
我想這些妳應該比我還了解才對。
「Devil Game」與貝德的創造者——赫露。

原本是為了用來弭平惡魔之間持續不斷的武力爭鬥，
如今卻自己成了挑戰者。咯咯咯……
少囉唆。
在自信滿滿認為此戰必勝之前，
好歹也得知道我想賭些什麼吧？
才不會連輸了，都不知道自己會有什麼下場。
……不管是想要我再次臣服，還是想知道祕密，什麼都好，
我不會讓妳有這種機會的。
當然，如果妳的「願望」——

是除掉人類什麼的，
倒是不用多說，我自然會去做呢——
咯咯咯咯……
……算了我就姑且聽聽吧，
妳想賭些什麼？
如果我獲勝的話，
歌布琳，

我要妳跟我一起……
投靠人類。
並擔任護衛，一路護送我至米得加爾德Midgard。
投……
妳說投靠……

按靠人類？

不管那個啦！我說，至少也先給我一件衣服穿……
我只有這件，也破了。

在遙遠的過去，
曾經，
我是喜歡人類
這個種族的。

第2話 那醜惡又矛盾的過去 那虛假又衝突的滅亡

Game Start

亞人種地精。
人類種。
本來不可能有交會點的兩個種族。
緊握
歌布琳！我拜託妳的東西有帶來嗎？
甩開
……為何會變成這樣……
唉。

伸出
喔喔喔喔喔！
沒錯沒錯！就是這個！太棒了！
是這個吧？魔物巴拉摩爾的血液。
……怪人，居然會想要這種玩意。
Blamoe
魔獸種 力大無窮 卻很膽小！ C級妖怪
「這種玩意」？
有了這個就能精製村裡傳染病的疫苗啊！
我必須再次說明村內傳染病的原因，那就是……
好好好，我知道了。
煩躁

但真的幫了我大忙啊！
謝謝妳！
斯芬是個旅行醫師。
負責控制每一個爆發傳染疫情的村落，
讓世界上許多瀕臨滅亡的村落，至少有六成存活率，
並指導村民正確防疫與自救知識，
因此很受到村民的愛戴。
但斯芬總是很無奈的對我說……
村民都說我是大祭司，但那些關於神靈的力量我真的不懂……
我們擁有藥理科學與專業救治的知識，
所以更真確知道傳染病並非來自惡魔的詛咒。

正因為如此，我無法接受村民們，
把這些傳染病的罪……
那實在太令人……
感到哀傷了。
……
怪到所有惡魔、赫露……
還有妳的身上。
怪人。
咦？
悶騷男。
咦等等？
腳還很臭。
喂我有這麼糟嗎！

以人類來說……
還不錯啦……
小聲
……

轟隆隆——
雷聲低鳴

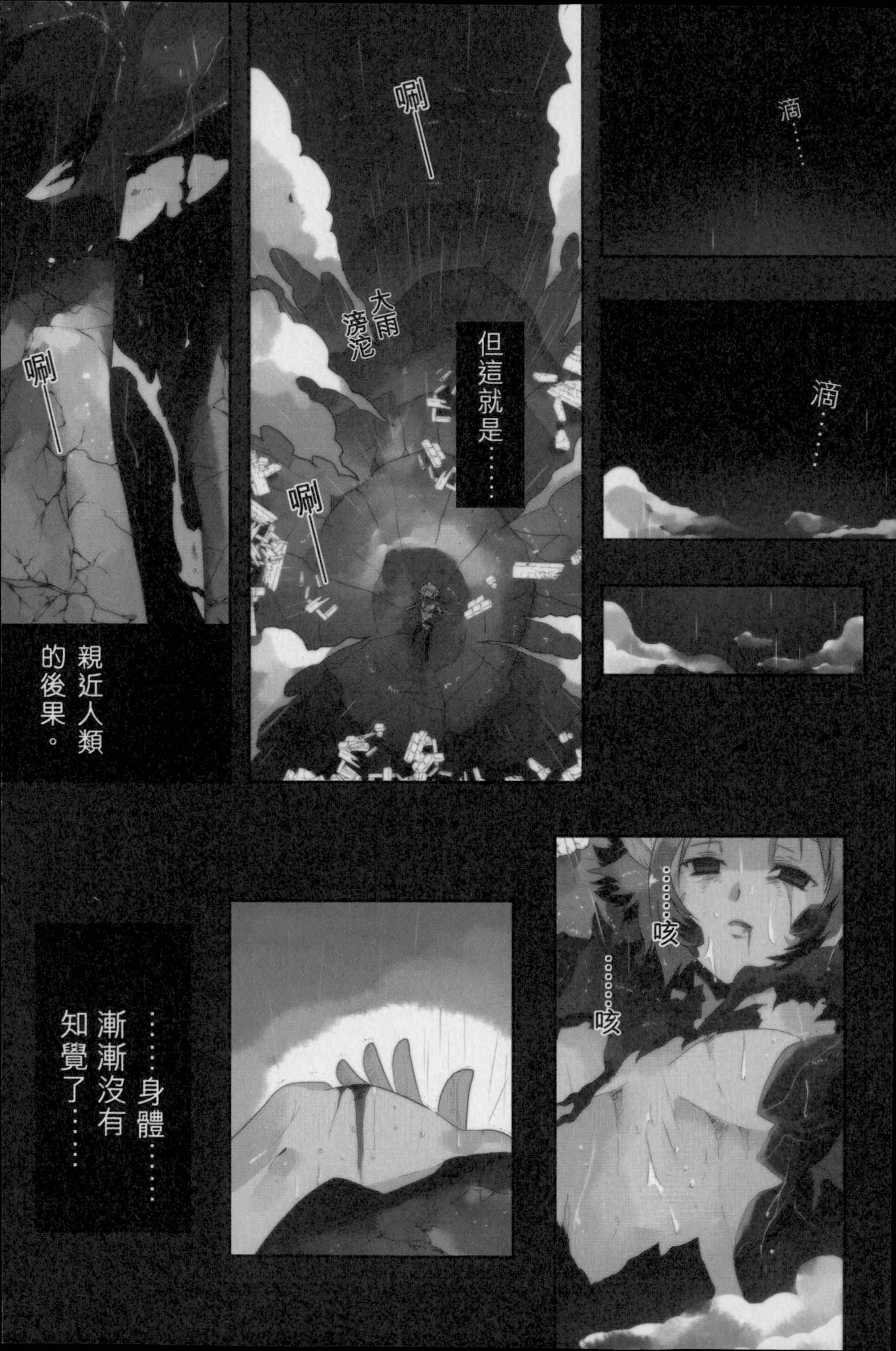
滴……
滴……
唰——
但這就是……
大雨滂沱
唰——
唰——
親近人類的後果。
……咳
……咳
……身體……
漸漸沒有知覺了……

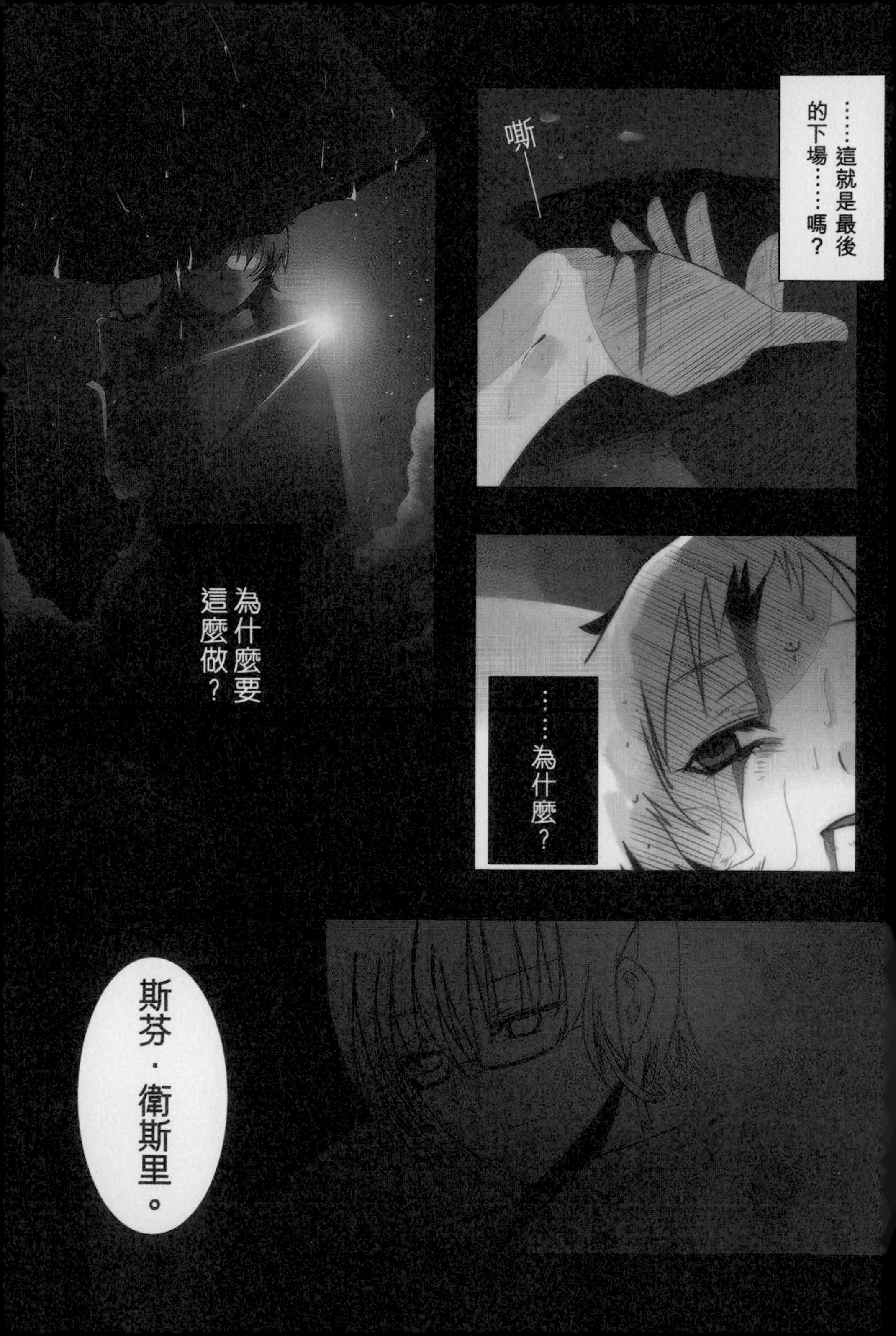
……這就是最後的下場……嗎？
嘶——
……為什麼？
為什麼要這麼做？
斯芬·衛斯里。

……真懷念啊。
我第一次遇見妳，也是這樣的大雨。
妳一樣……受著重傷。
為什麼……
為什麼要對我們亞人地精種……
做出這種殲滅的行為……
為什麼……？

但不論是
遇見傷重的妳，
還是帶回治療，
那都是為了我的
另一個身分……
全是假的。
不，這樣說
似乎不太對。
至少我真的是
一個旅行各地的
流浪醫師。
「斥候」。
國家派遣負責
偵查地精、獸人等
根據地的特務。

跟妳打好關係，
獲取地精根據地的相關情報。
對不起，以前的日子都只是一場演出。

流出
妳可以恨我。

有了這個就能精製村裡傳染疾病的疫苗啊！
假的！
真的幫了我大忙謝謝妳！
假的！
消弭種族的對立。
假的！
那實在太令人感到哀傷了。
假的！
一切都是……
假的。
那醜惡又矛盾的過去，那虛假又衝突的滅亡。
這是地精種們可悲的結局。

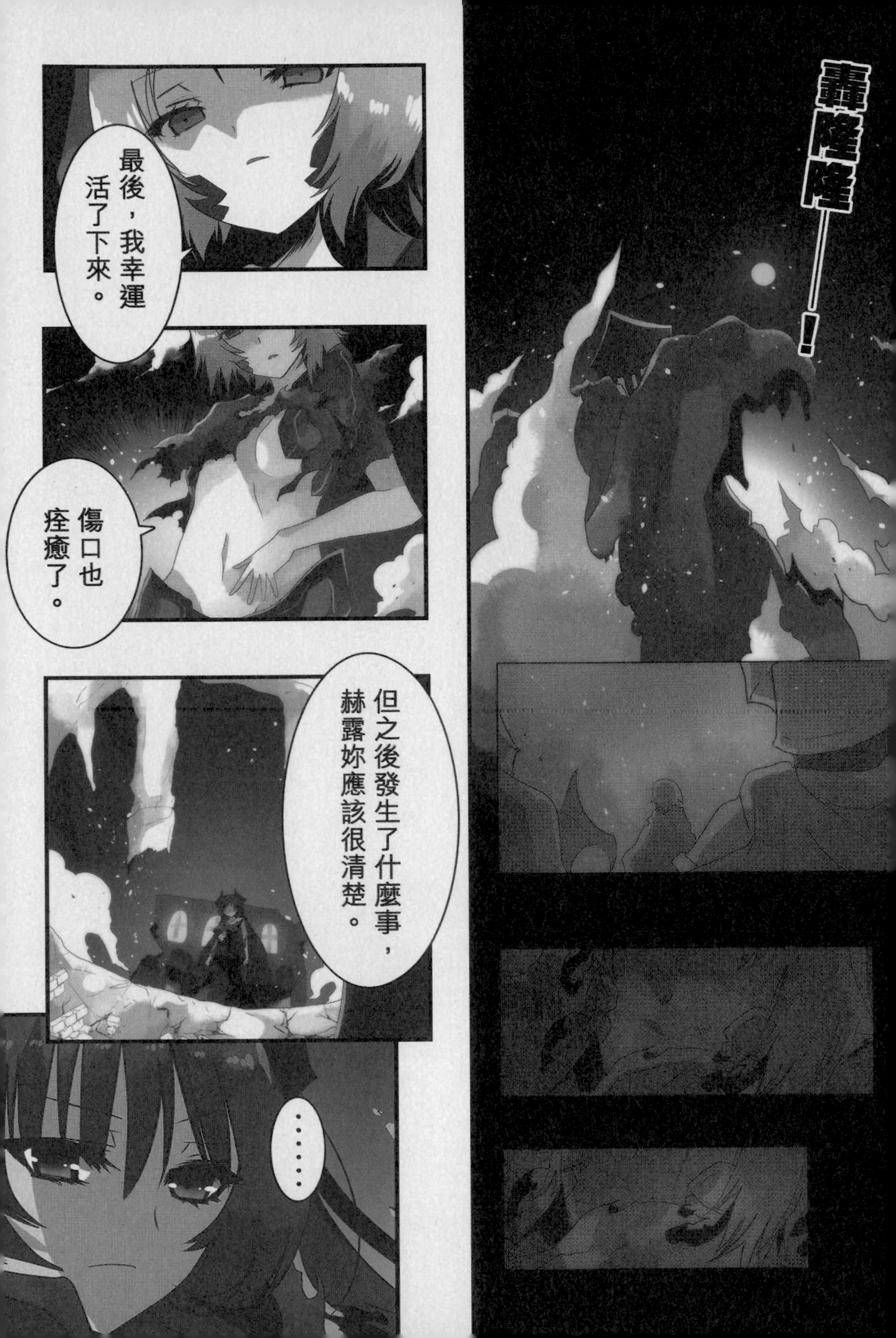
轟隆隆——！
最後，我幸運活了下來。
傷口也痊癒了。
但之後發生了什麼事，赫露妳應該很清楚。
……

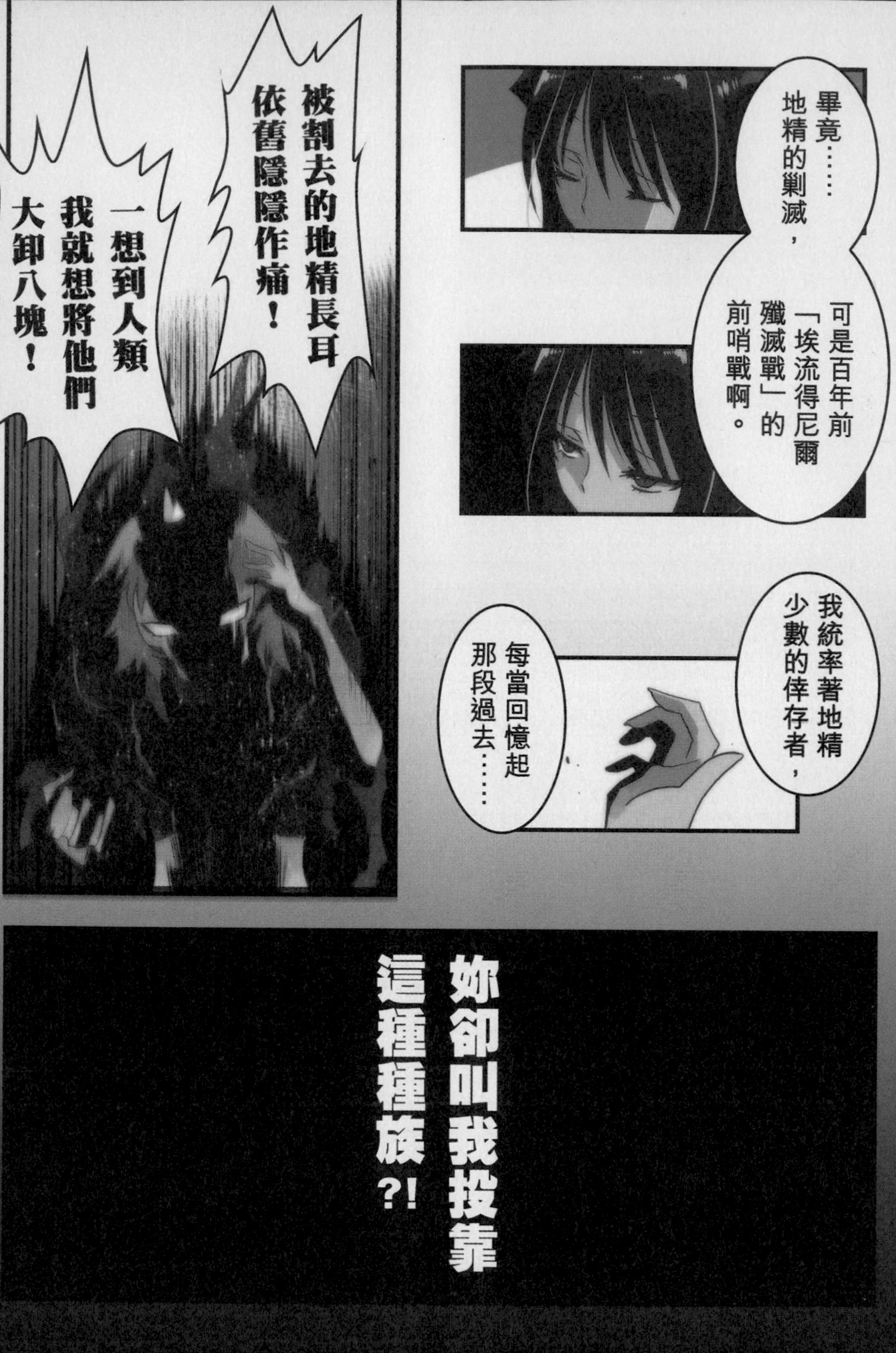
畢竟……地精的剿滅，
可是百年前「埃流得尼爾殲滅戰」的前哨戰啊。
我統率著地精少數的倖存者，
每當回憶起那段過去……
被割去的地精長耳依舊隱隱作痛！
一想到人類我就想將他們大卸八塊！
妳卻叫我投靠這種種族?!

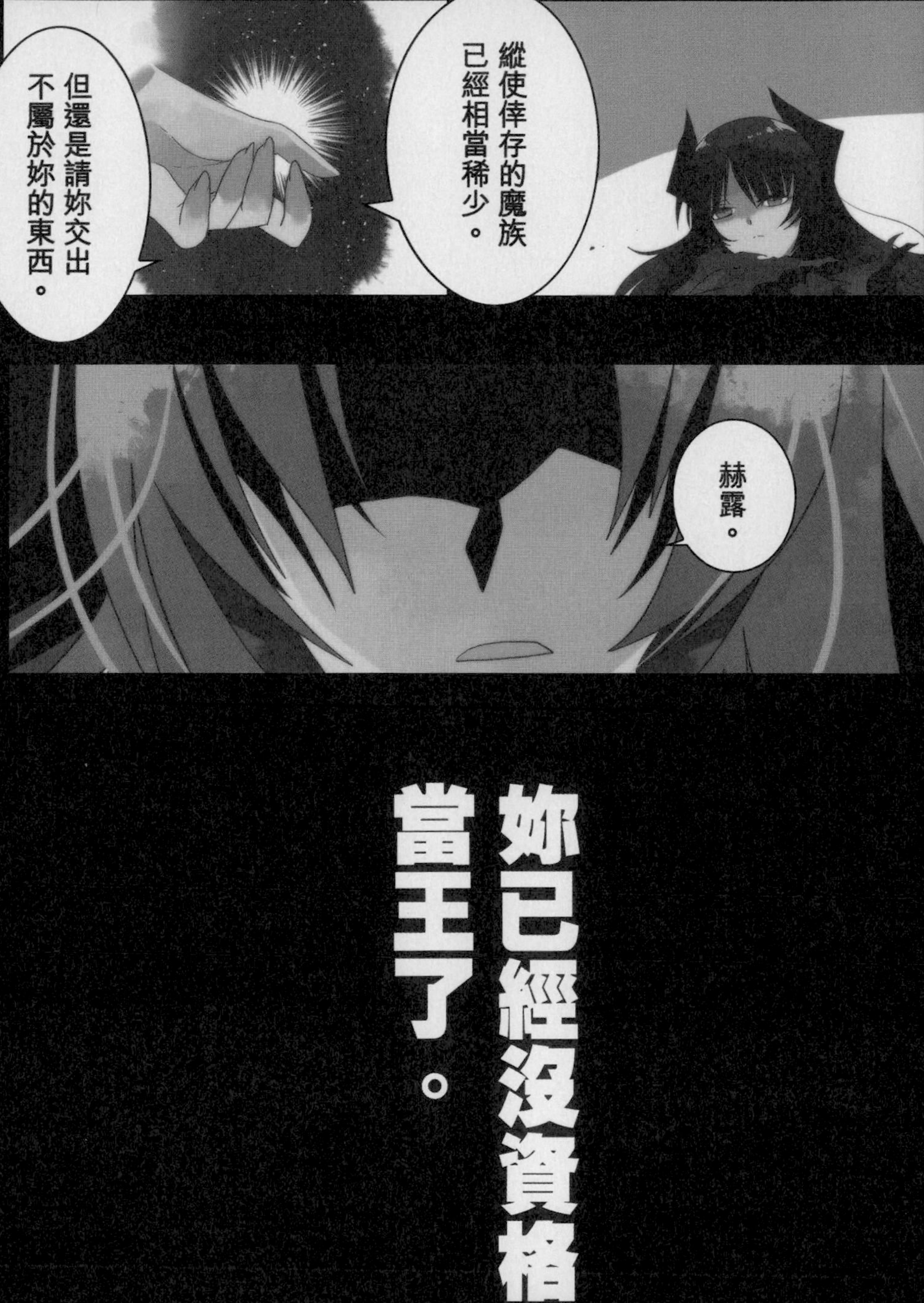
縱使倖存的魔族已經相當稀少。
但還是請妳交出不屬於妳的東西。
赫露。
妳已經沒資格當王了。

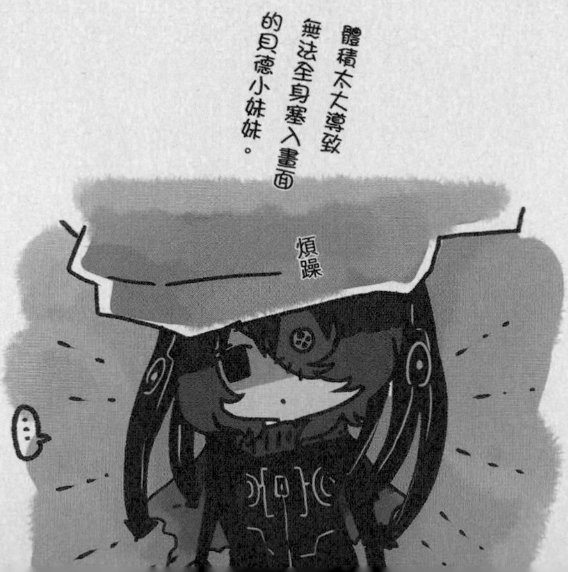
體積太大導致無法全身塞入畫面的貝德小妹妹。
煩躁
…

第3話 王的資格
Qualification

我可以把這個解釋為……
如果我輸了的話，妳就是下一任死國的主人囉？
……就是這樣。貝德。
是。貝德正在接收雙方的願望。
赫露陛下的要求是歌布琳要協助護衛，一同投靠人類。
而歌布琳大人則是「成為新任死國之王」
雙方是否……
同意？
我的立場也只能欣然接受了呢。
我也……
沒有問題。

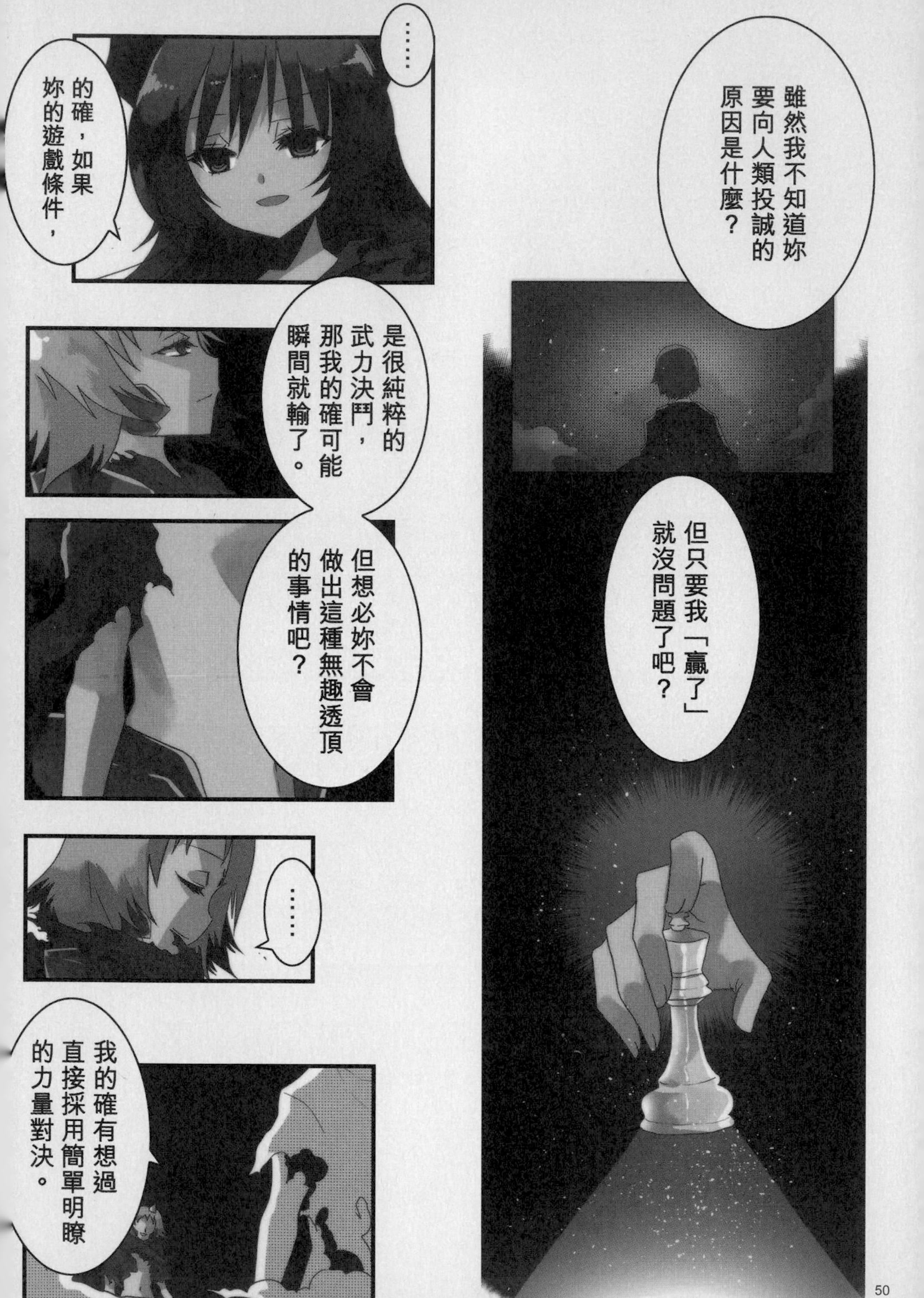
雖然我不知道妳要向人類投誠的原因是什麼？
但只要我「贏了」就沒問題了吧？
……
的確，如果妳的遊戲條件，
是很純粹的武力決鬥，那我的確可能瞬間就輸了。
但想必妳不會做出這種無趣透頂的事情吧？
……
我的確有想過直接採用簡單明瞭的力量對決。

但就如妳所説，對付沒有絲毫魔力的妳……
一秒。
只需一秒不到就能得到勝利。
咯咯咯，這的確很無趣，
放心吧，我不會這麼做的。
……
感激不盡。
誘導對話。
赫露身為Devil Game的挑戰者，沒有談判的空間，
OK!
I want to play a game
NO?
Yes?
其實是暴露在最危險的情況下。

歌布琳在王臣之間，
屬於相當好戰的種族首領。
若不儘快用誘導方式讓她捨棄力量對決的遊戲方式，
以她身為突擊隊長的力量，面對沒有絲毫魔力的赫露——
的確很有可能在一秒之內分出勝負。
所以趕快誘導歌布琳採用其他更具公平性的挑戰方式，
以避免往最糟糕的事態發展。

為此赫露也想出了許多套腳本。
而目前是往最好的路線前進，
這對絲毫沒有半點魔力的赫露來說，無疑是好消息。
我想妳應該很清楚，待會的遊戲規則由宣戰者，也就是我來訂定。
妳不擔心我用可疑又作弊的遊戲方法嗎？
應該沒有比直接力量對決還要更作弊的遊戲方法吧？
畢竟現在的我……可沒有什麼條件討價還價，
也不能奢求什麼公平競爭啦！
呵呵，放心，
我一向討厭拖泥帶水。

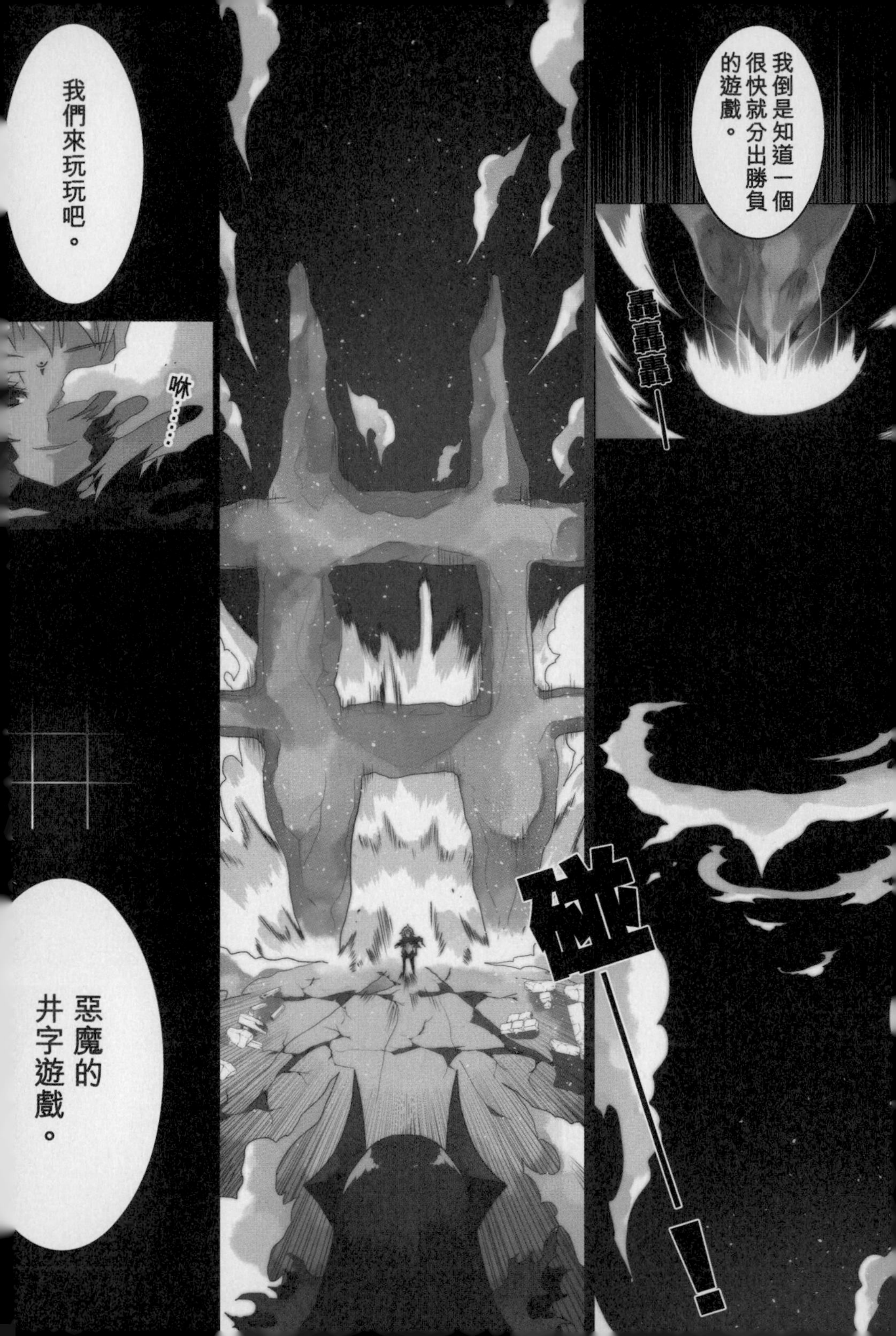
我倒是知道一個很快就分出勝負的遊戲。
轟轟轟——
碰——!
我們來玩玩吧。
咻……
惡魔的井字遊戲。

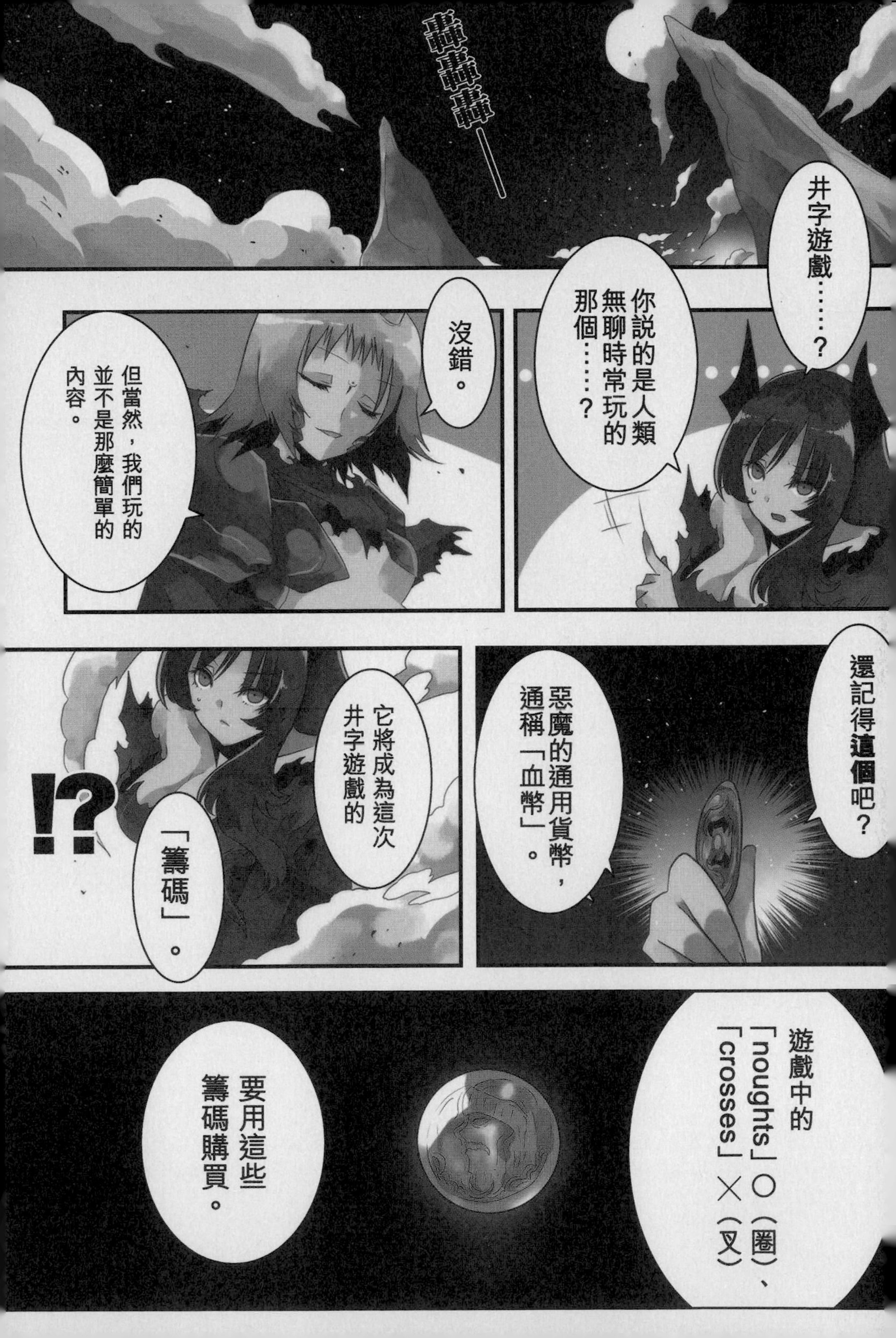
轟轟轟——
井字遊戲……？
你說的是人類無聊時常玩的那個……？
沒錯。
但當然，我們玩的並不是那麼簡單的內容。
還記得這個吧？
惡魔的通用貨幣，通稱「血幣」。
它將成為這次井字遊戲的
「籌碼」。
!?
遊戲中的「noughts」○（圈）、「crosses」×（叉）
要用這些籌碼購買。

……要購買？
轟轟轟——
沒錯，跟一般的井字遊戲一樣，
拿出
先將「圈」、「叉」連成一線者，判定為贏的遊戲。
noughts crosses
啪
noughts
crosses
就像這樣，
用卡牌來表示，進行買賣交易。
至於其他規則……
就讓貝德來解釋吧。
……
是的。

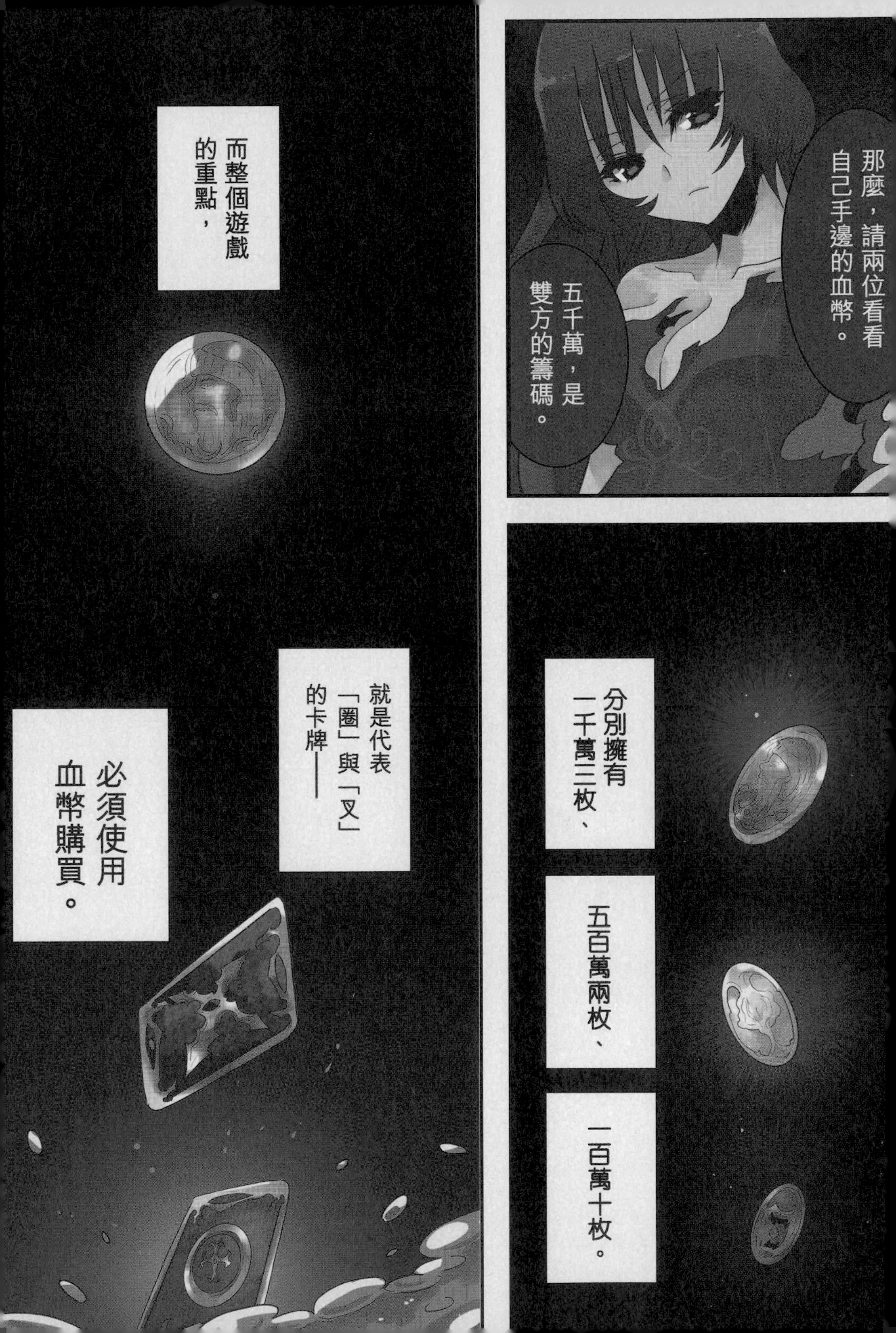
那麼，請兩位看看自己手邊的血幣。
五千萬，是雙方的籌碼。
分別擁有一千萬三枚、
五百萬兩枚、
一百萬十枚。
而整個遊戲的重點，
就是代表「圈」與「叉」的卡牌——
必須使用血幣購買。

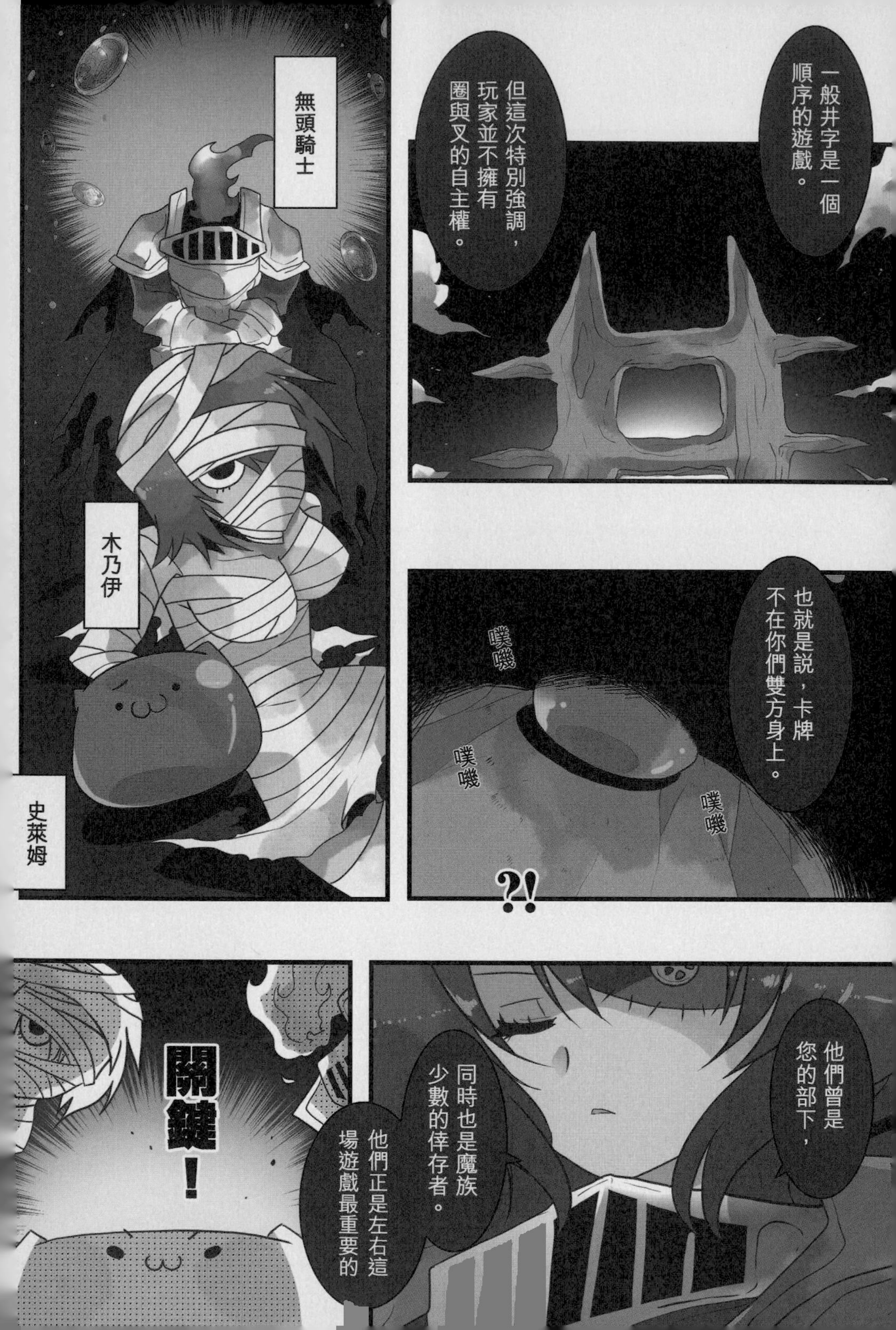
一般井字是一個順序的遊戲。
但這次特別強調，玩家並不擁有圈與叉的自主權。
無頭騎士
木乃伊
史萊姆
也就是說，卡牌不在你們雙方身上。
噗嘰
噗嘰
噗嘰
?!
他們曾是您的部下，
同時也是魔族少數的倖存者。
他們正是左右這場遊戲最重要的
關鍵！

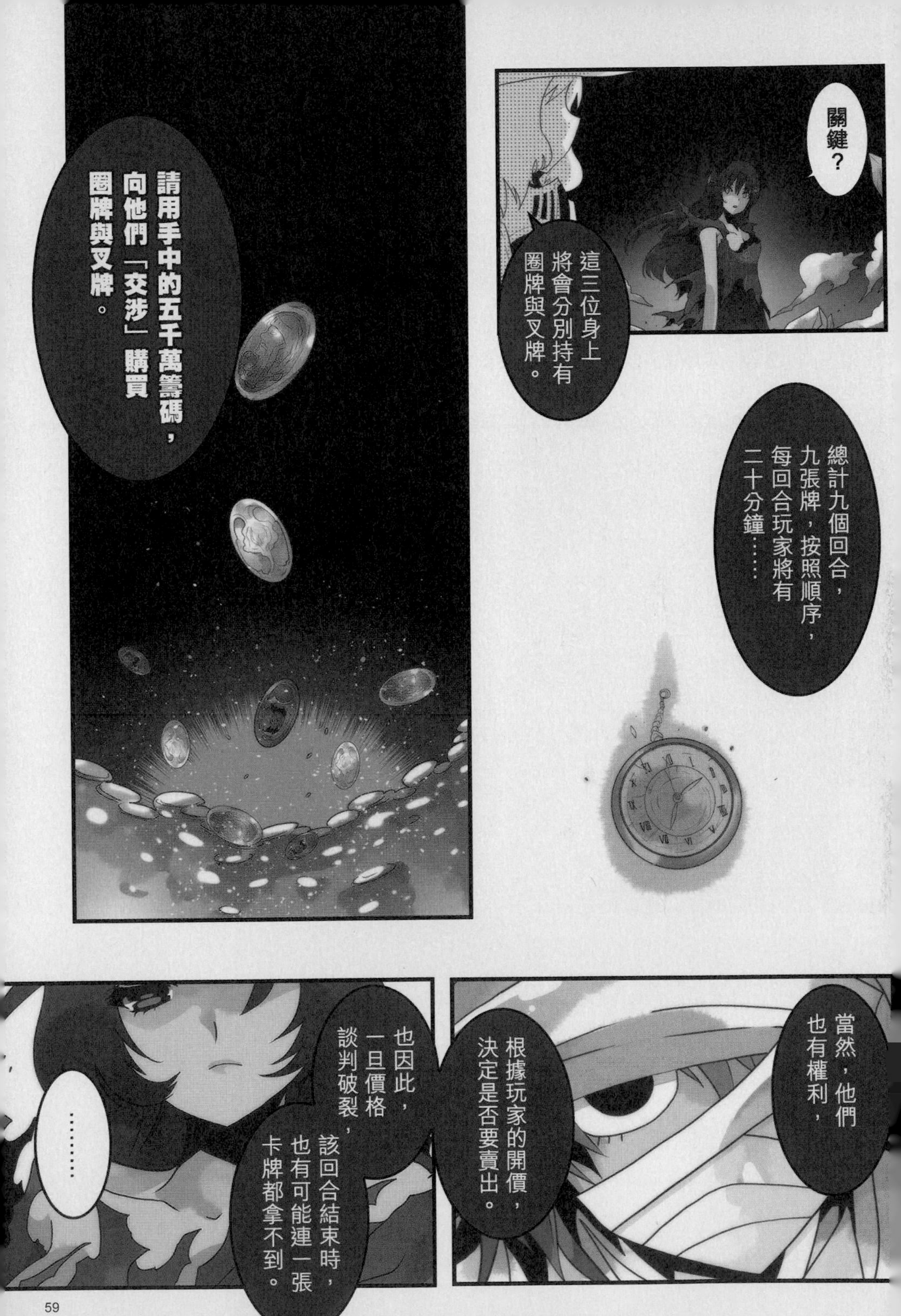
關鍵？
這三位身上將會分別持有圈牌與叉牌。
總計九個回合，九張牌，按照順序，每回合玩家將有二十分鐘……
請用手中的五千萬籌碼，向他們「交涉」購買圈牌與叉牌。
當然，他們也有權利，
根據玩家的開價，決定是否要賣出。
也因此，一旦價格談判破裂，
該回合結束時，也有可能連一張卡牌都拿不到。
……

起手的我想應該是圈牌吧？若是如此，
能夠交涉的籌碼將是圈牌五枚、叉牌四枚。
我會事先知道他們三個手上，
分別擁有的卡牌類型，以及數量嗎？
很遺憾……他們的底牌並不會透明化。
有別於一般的井字遊戲，
因為排列組合的關係，在對方底牌不明朗的情況下，
不但容易買到不是自己要的卡牌，談判失敗的次數也會相對提高。
ONLY
1000
此外，一旦二十分鐘過去，交涉失敗，將喪失出牌的權利。
也就是將交涉權交給另外一位玩家。
因此請務必好好斟酌每一回合。

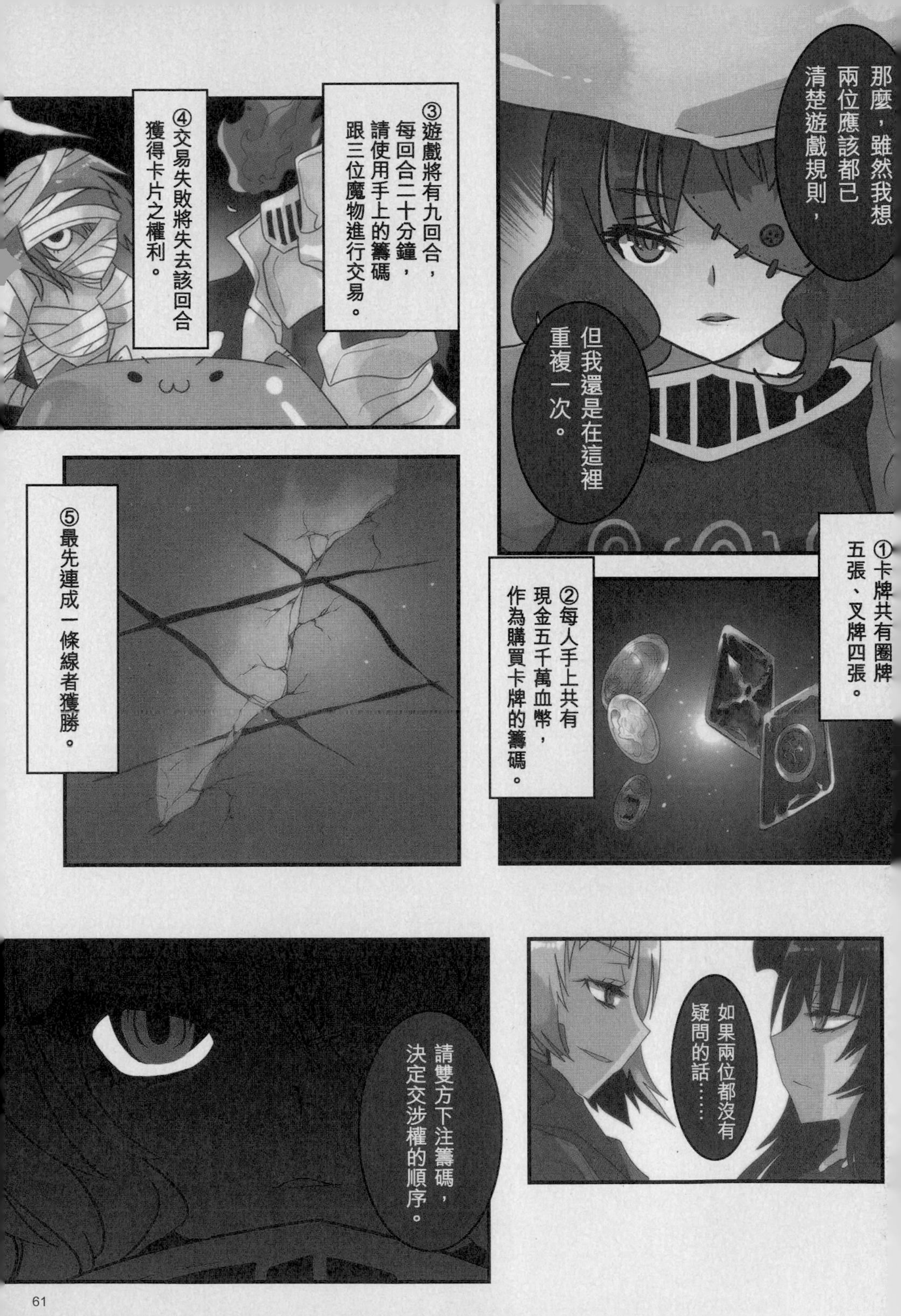
那麼，雖然我想兩位應該都已清楚遊戲規則，
但我還是在這裡重複一次。
①卡牌共有圈牌五張、叉牌四張。
②每人手上共有現金五千萬血幣，作為購買卡牌的籌碼。
③遊戲將有九回合，每回合二十分鐘，請使用手上的籌碼跟三位魔物進行交易。
④交易失敗將失去該回合獲得卡片之權利。
⑤最先連成一條線者獲勝。
如果兩位都沒有疑問的話……
請雙方下注籌碼，決定交涉權的順序。

從這場遊戲的規則看來，先交易的玩家有不小的優勢。
當然，這筆錢也是會沒收的。
……
番慎決定下多少金額。
也因此第一輪就必須先下注籌碼，
以決定由誰先進行交易。
原來如此，比大小是嗎？
真是相當簡單明瞭……
……才怪！
所有人都知道第一回合先下手的重要性，
但若剛開始就下注大筆金額，
後續的資金就不夠跟三個魔物進行交涉。
冷靜下來，赫露。

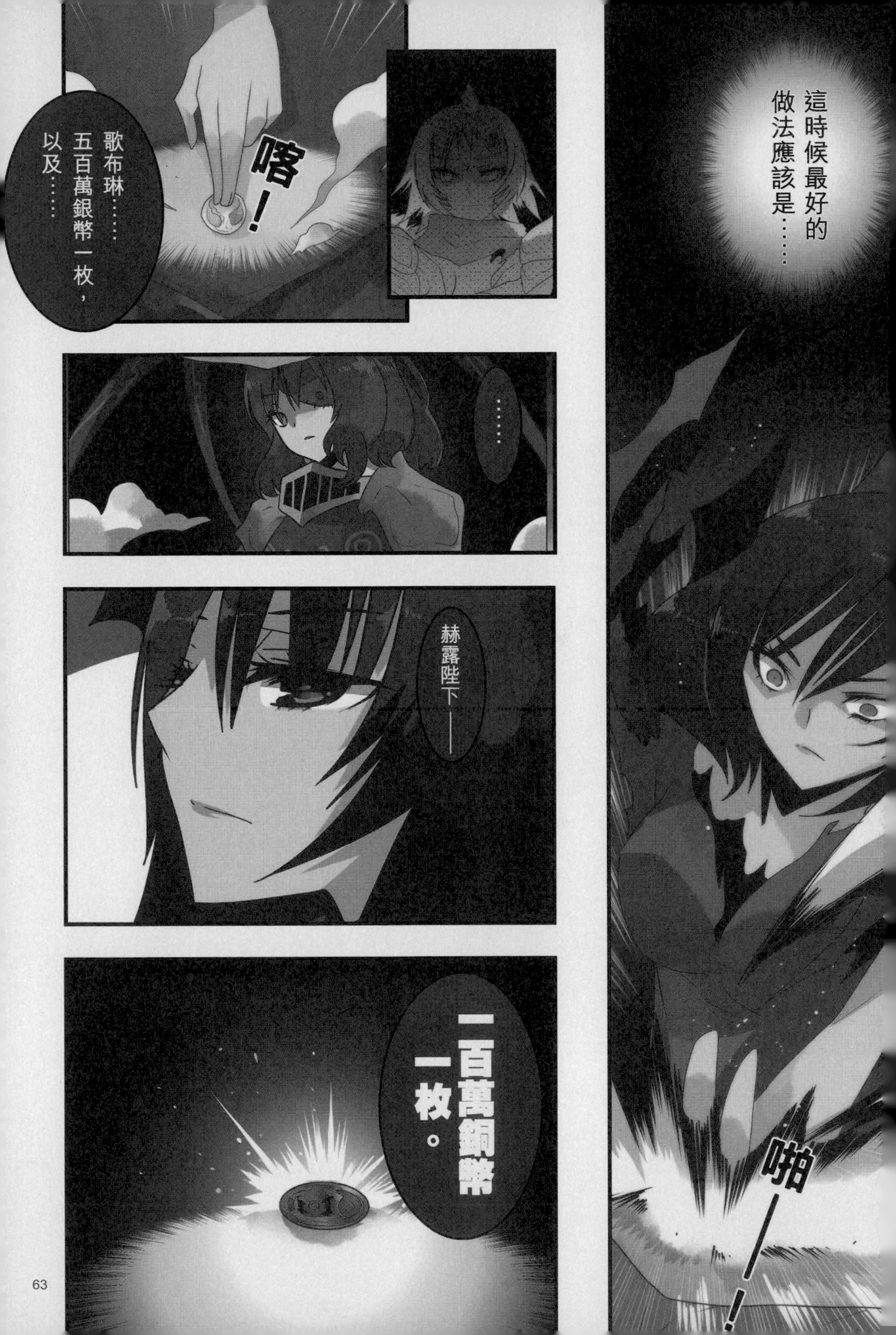
這時候最好的做法應該是……
啪——！
喀！
歌布琳……五百萬銀幣一枚，以及……
……
赫露陛下——
一百萬銅幣一枚。

咯咯咯……
直接放棄第一回合，
真是沒想到呢。
赫露這樣的做法
並沒有錯。
她深知維持井字遊戲
不敗的方法，
妳肯定會為了這次
魯莽的決定……
後悔莫及的。
其實……
就是
避免地雷區。

第一種地雷區
第二種地雷區
第三種地雷區
只要能夠避免
這三個地雷區，
至少可以維持和局，
但這當然是指
一般的井字遊戲。
赫露也知道這一點。
但同時她也明白，
在井字遊戲中要
不踩到地雷，
關鍵不在第一回合。

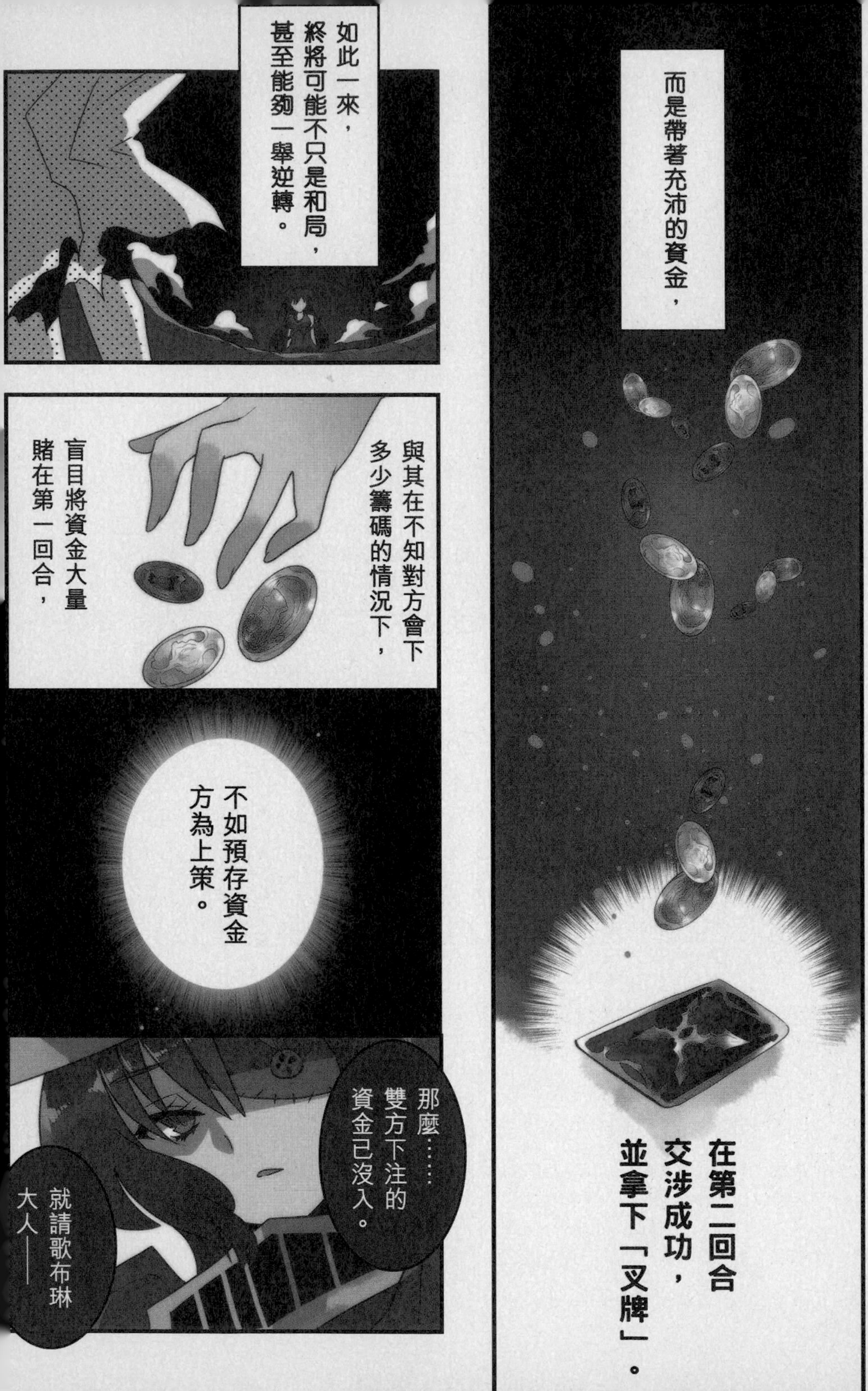
而是帶著充沛的資金，
在第二回合交涉成功，並拿下「叉牌」。
如此一來，終將可能不只是和局，甚至能夠一舉逆轉。
與其在不知對方會下多少籌碼的情況下，
盲目將資金大量賭在第一回合，
不如預存資金方為上策。
那麼……雙方下注的資金已沒入。
就請歌布琳大人——

開始進行第一回合交涉。
就讓我來——
好好觀察一番！
第一回合/歌布琳
所持籌碼：4500萬
……這樣也好，
要花多少錢，他們會如何討價還價，
總共九枚卡牌，其中「圈牌」有五張，
很理所當然的，我需要一張「圈」，
至於開價……
五枚銅幣——
五百萬。

五百萬……是一個用來試探很不錯的數字。
但……
沒有反應……看來低於五百萬，他們沒有任何興趣。
……不過，主動將牌提供給我的第一個人，
我將追加五百萬！也就是共一千萬！
一千萬買你們手上的「圈牌」！
?!
聽好，
是率先將圈牌交出來的「第一位」。

五千萬……
咕嘟……
捲款潛逃
絕對禁止

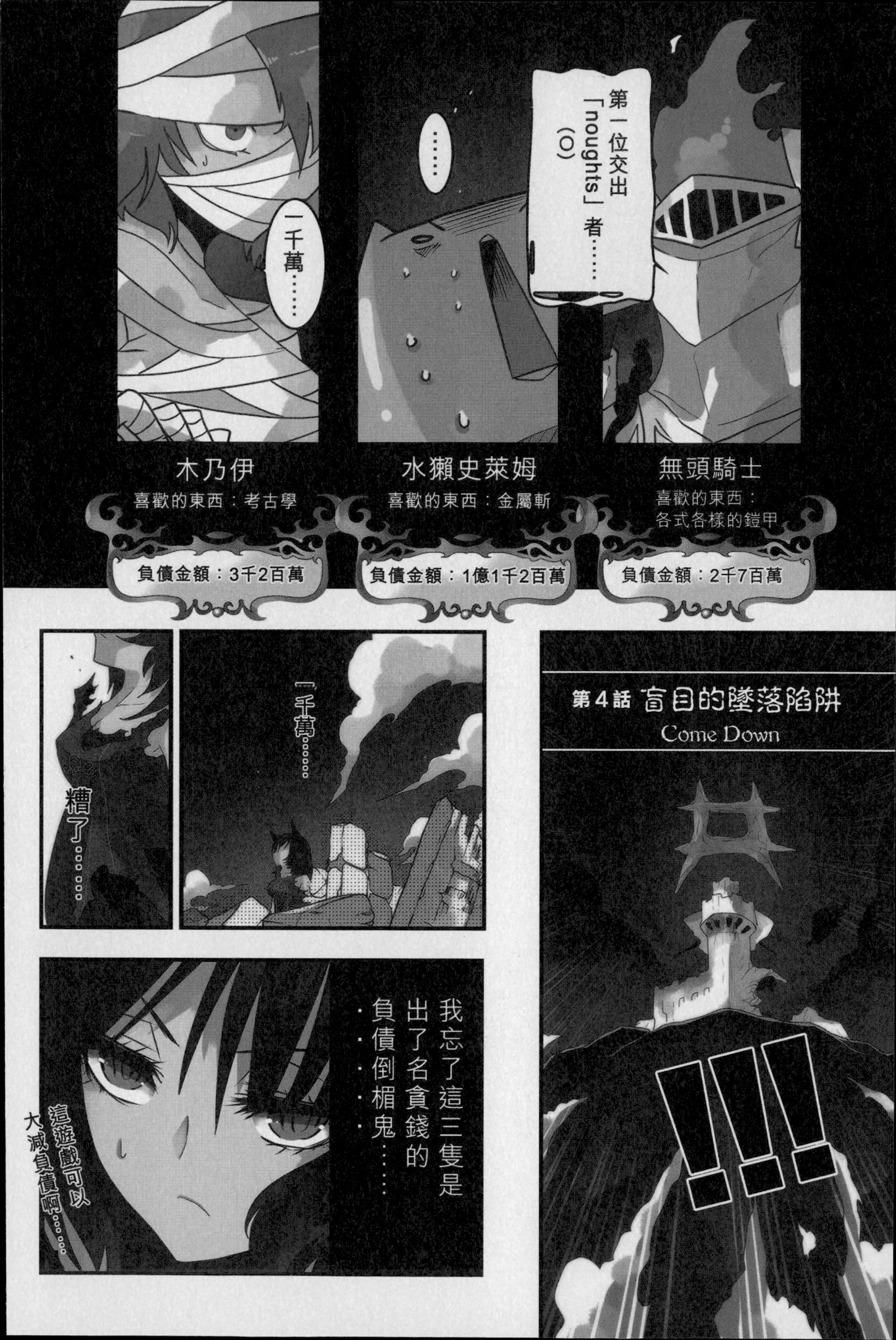
第一位交出「noughts」(O)者……
……
一千萬……
木乃伊
喜歡的東西：考古學
負債金額：3千2百萬
水獺史萊姆
喜歡的東西：金屬斬
負債金額：1億1千2百萬
無頭騎士
喜歡的東西：各式各樣的鎧甲
負債金額：2千7百萬
第4話 盲目的墜落陷阱
Come Down
!!!
一千萬……
糟了……
我忘了這三隻是出了名貪錢的負債倒楣鬼……
這遊戲可以大減負債啊……

……歌布琳這傢伙……意外的很清楚如何操控心理。
這種情況，就像一個人遇到了很中意的東西，
50,000
雖然很想要，不過這個價格……
哎呀呀—剛剛另外一位客人也來下訂了呢，
雖然他說晚點再回頭來買……但誰先付錢……
就賣給誰囉。
心動！
「機會只有現在。」
這種再簡單不過的話術，卻更容易讓人跌入陷阱裡。
讓人一回神過來就發現手裡捧著很多東西。
這是很可怕的……
切身之痛
一個人就這樣，更何況是……
同時有三個人。

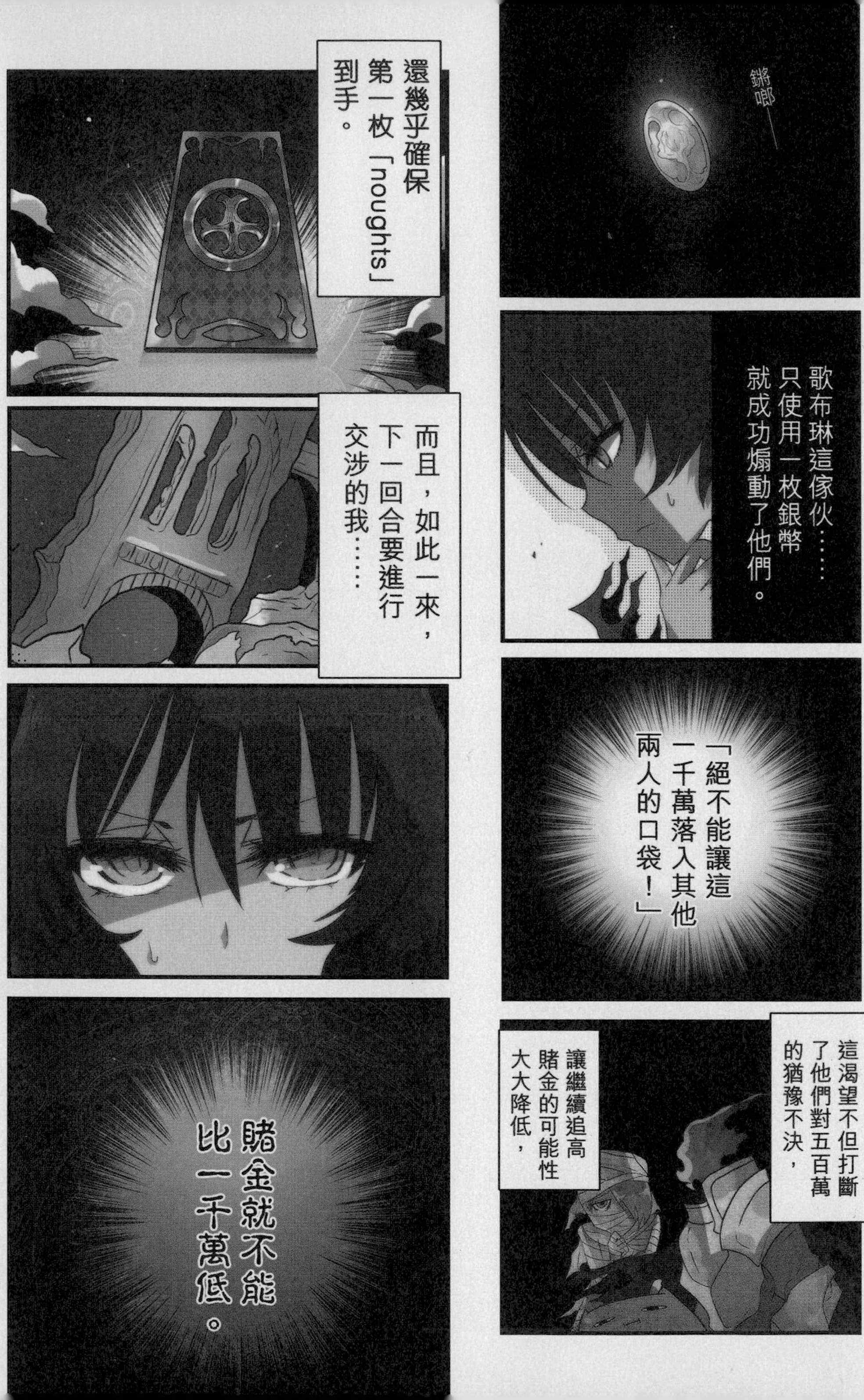
鏘啷——
歌布琳這傢伙……只使用一枚銀幣就成功煽動了他們。
「絕不能讓這一千萬落入其他兩人的口袋！」
這渴望不但打斷了他們對五百萬的猶豫不決，
讓繼續追高賭金的可能性大大降低，
還幾乎確保第一枚「noughts」到手。
而且，如此一來，下一回合要進行交涉的我……
賭金就不能比一千萬低。

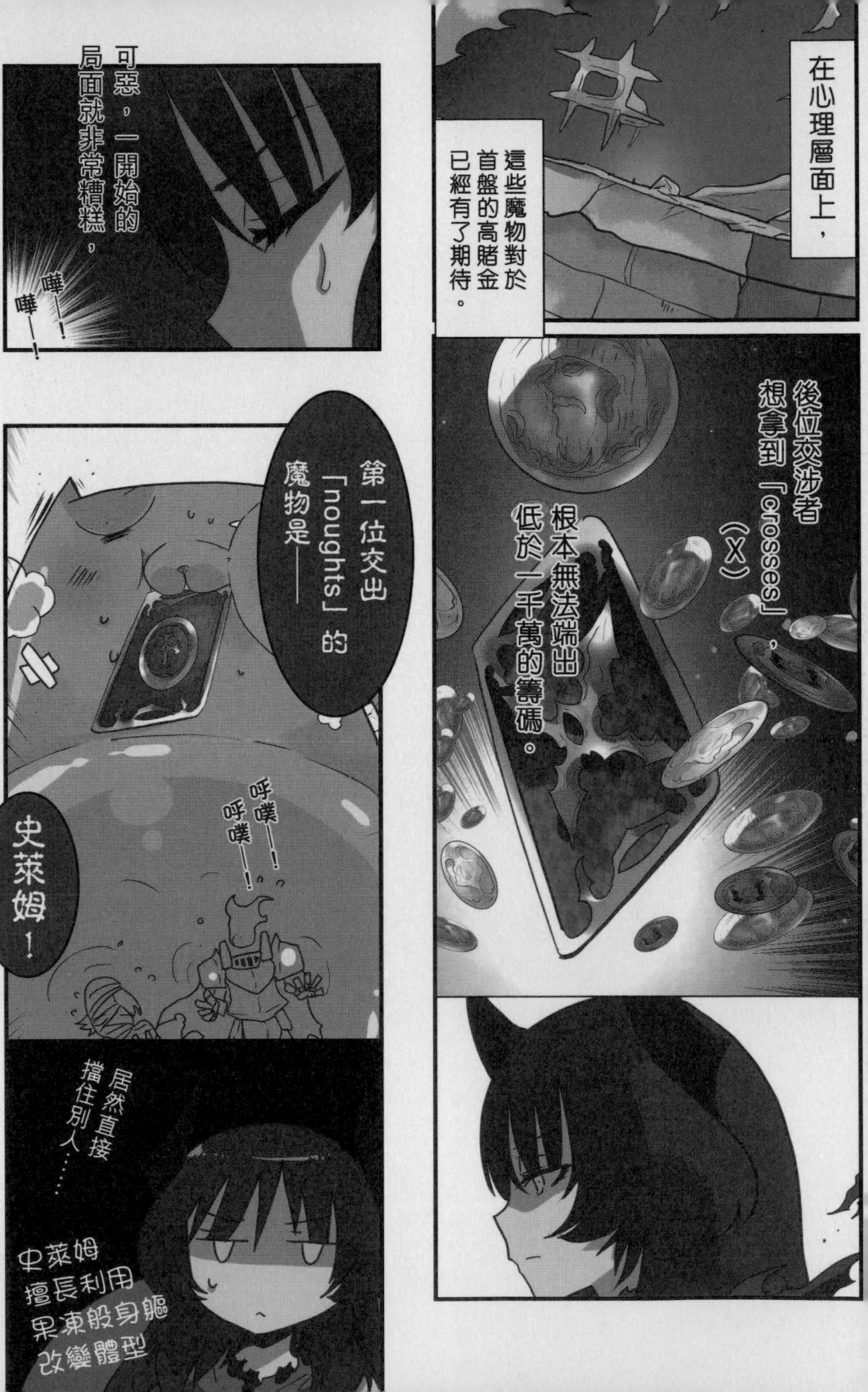
在心理層面上，
這些魔物對於首盤的高賭金已經有了期待。
可惡，一開始的局面就非常糟糕，
嘩——！
嘩——！
後位交涉者想拿到「crosses」（X），
根本無法端出低於一千萬的籌碼。
第一位交出「noughts」的魔物是——
呼噗——！
呼噗——！
史萊姆！
居然直接擋住別人……
史萊姆擅長利用果凍般身軀改變體型

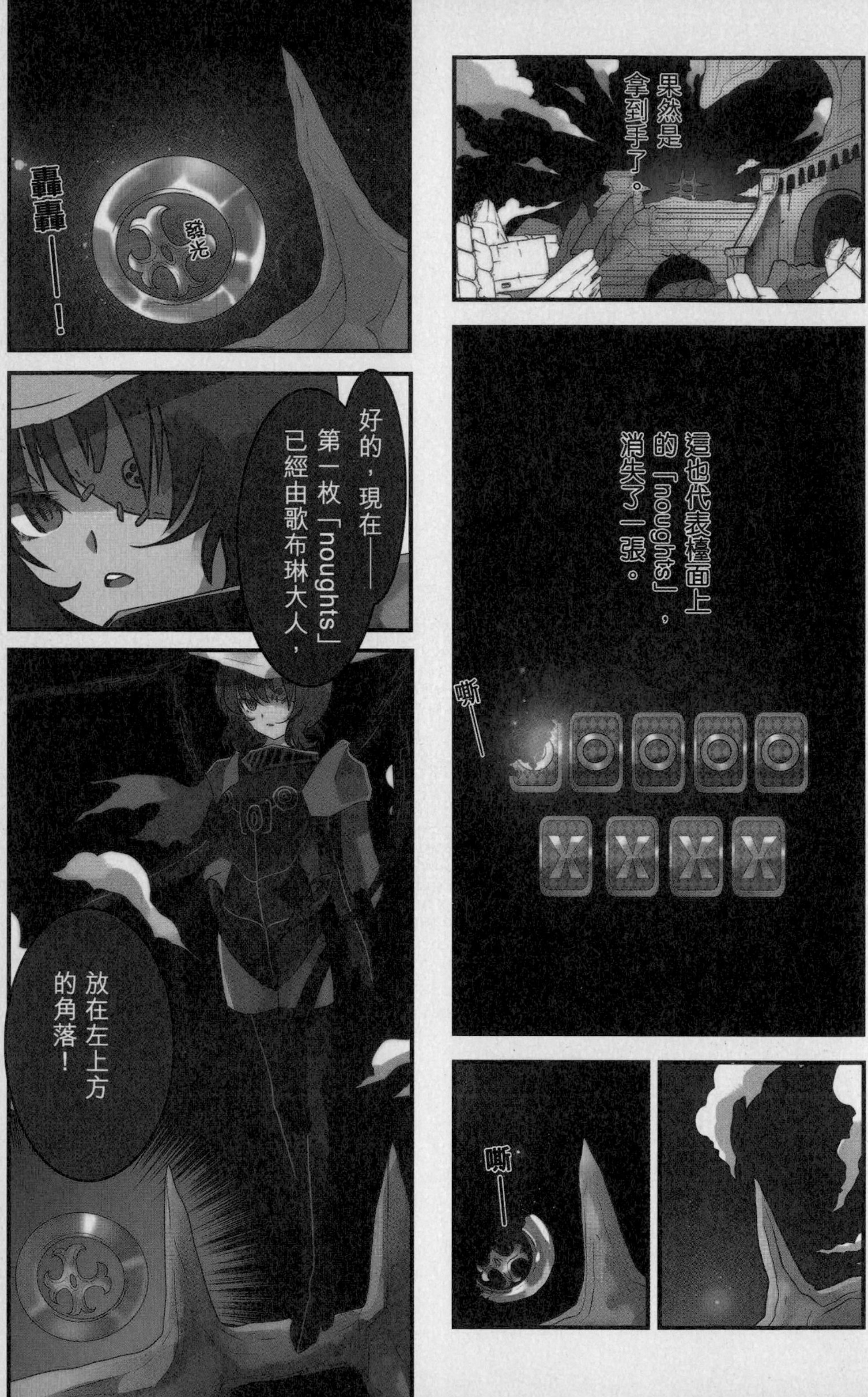

果然是拿到手了。
轟轟——！
發光
好的，現在——第一枚「noughts」已經由歌布琳大人，
放在左上方的角落！
這也代表檯面上的「noughts」消失了一張。
嘶——
嘶——

但就像一開始說的，
關鍵不在第一手棋。
果然是……
放在那裡嗎？
井字遊戲中，
擁有最廣地雷區
的位置。
既然她放的是
左上方的角落，
那麼……
中間的位置
就是活路！
無論如何，
都必須在第二輪──
拿到「crosses」。

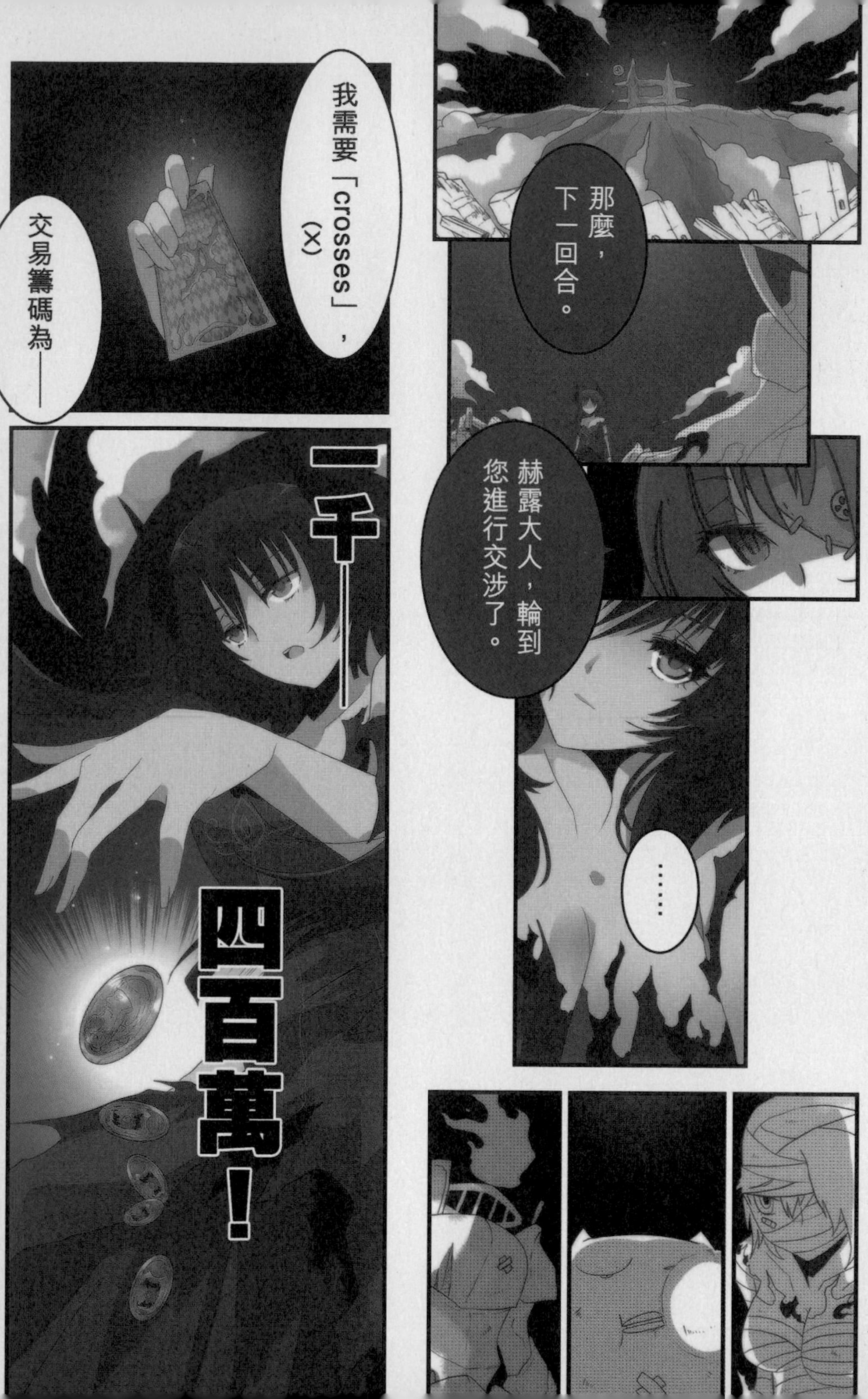
那麼，
下一回合。
赫露大人，輪到您進行交涉了。
……
我需要「crosses」(X)，
交易籌碼為——
一千——
四百萬！

一千四百萬。
等於一張「crosses」(X)，能夠清償你們負債總額的三分之一。
我想，這筆交涉金額應該不壞才對，
如何？
妳似乎誤會了，赫露陛下……不，是「前」陛下。
……？
打從一開始，我們就決定對妳打算交涉的金額，全盤置之不理喔。

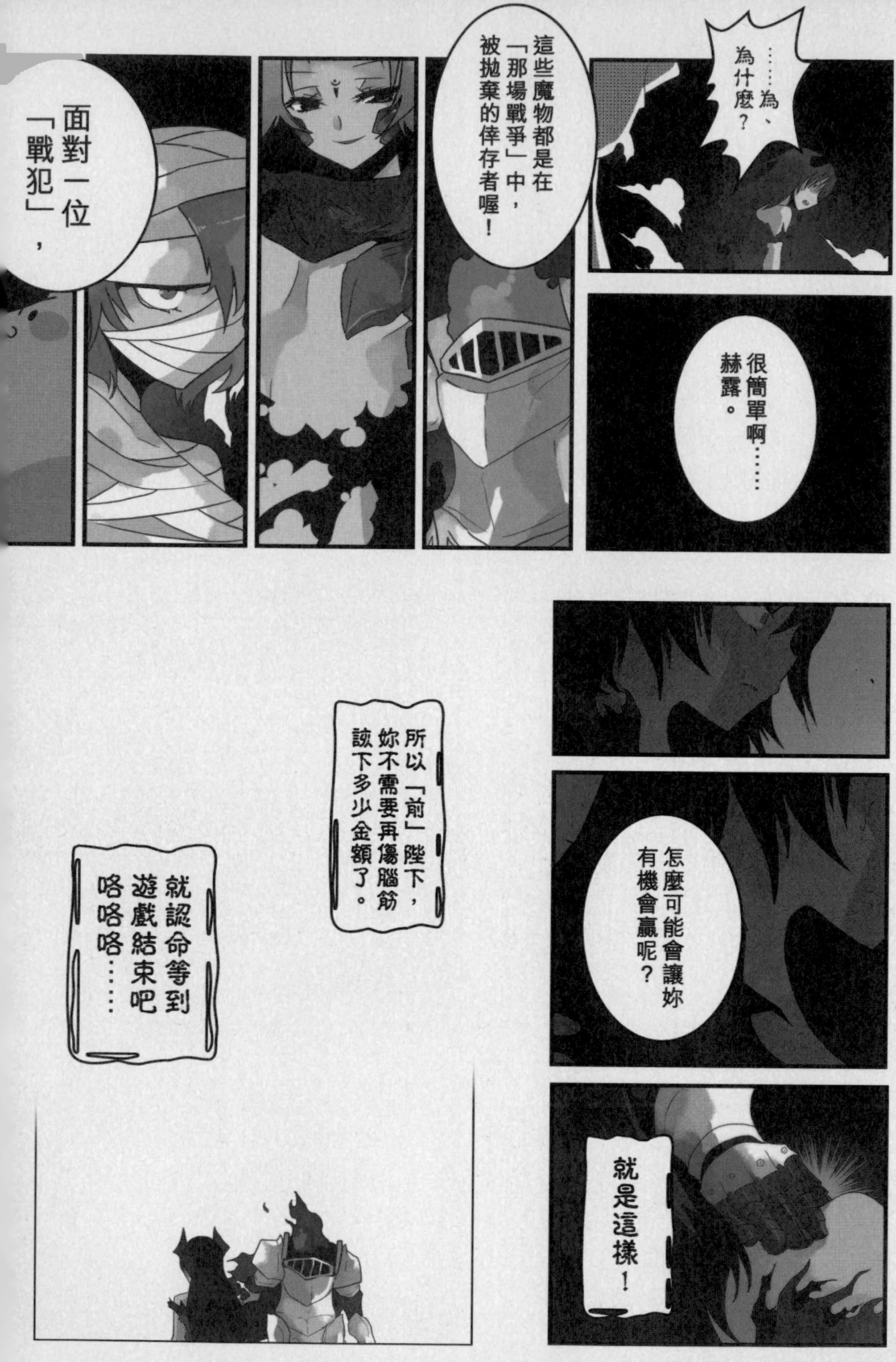
……為、為什麼？
很簡單啊……赫露。
這些魔物都是在「那場戰爭」中，被拋棄的倖存者喔！
面對一位「戰犯」，
怎麼可能會讓妳有機會贏呢？
就是這樣！
所以「前」陛下，妳不需要再傷腦筋該下多少金額了。
就認命等到遊戲結束吧咯咯咯……

不對，不可能是這種膚淺的理由……
對於負債的傢伙來說，金錢是比什麼都大的誘惑……
就算是再怎麼仇恨的對象，也很難不鬆動……
可疑的是那種堅定不移的態度……
只剩下一種可能——
作弊？
「Devil Game」——是由宣戰者來制定遊戲內容，
由於擁有絕大優勢，所以宣戰者最常做的事情就是——
早已串通好的作弊！

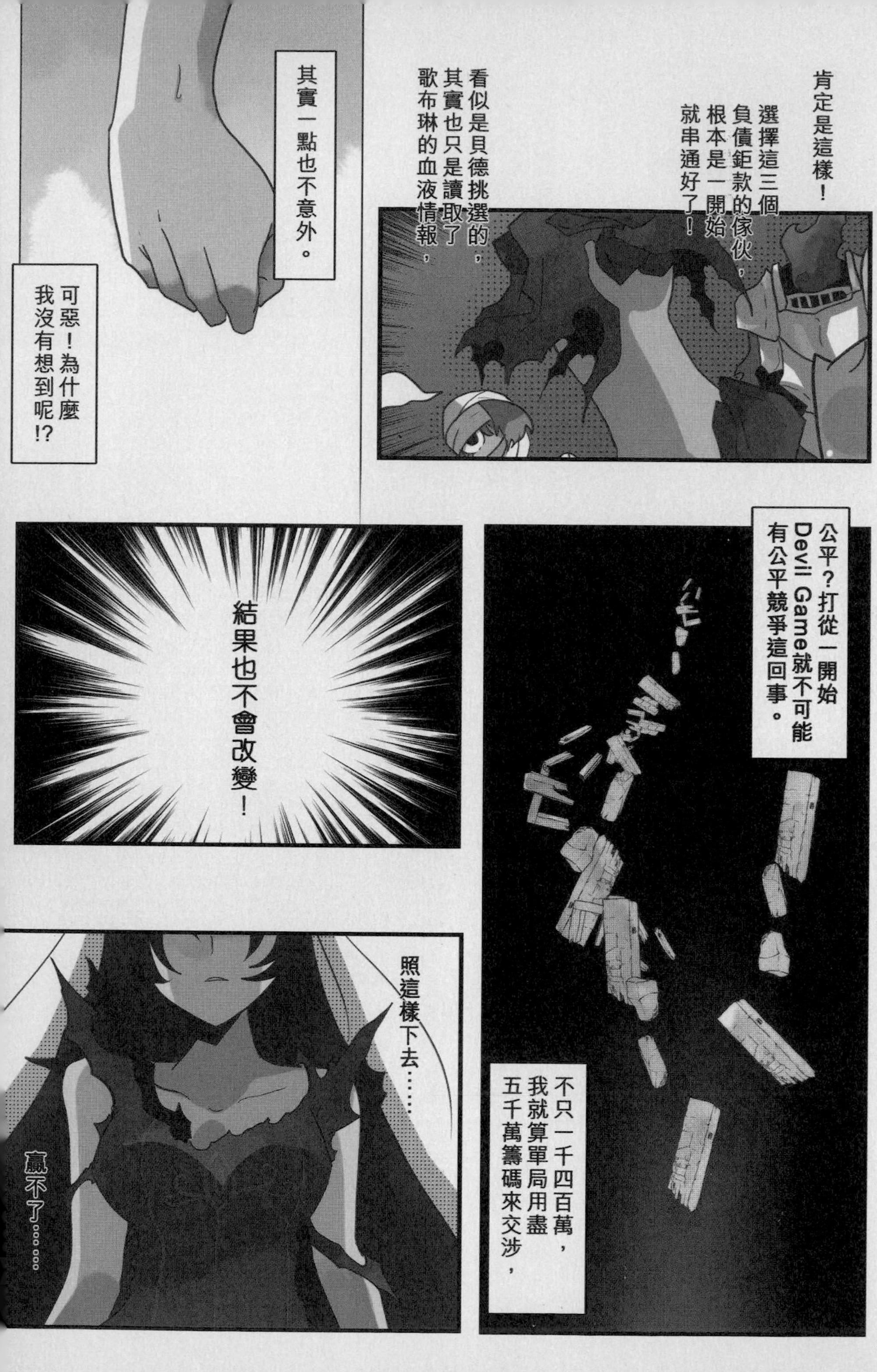
肯定是這樣！
選擇這三個負債鉅款的傢伙，根本是一開始就串通好了！
看似是貝德挑選的，其實也只是讀取了歌布琳的血液情報，
其實一點也不意外。
可惡！為什麼我沒有想到呢!?
公平？打從一開始Devil Game就不可能有公平競爭這回事。
結果也不會改變！
不只一千四百萬，我就算單局用盡五千萬籌碼來交涉，
照這樣下去……
贏不了……

整個Devil Game都是串通好的敵人，
在連一張卡牌都拿不到的情況下……
絕對贏不了……
時間結束，赫露陛下的第一局沒有交涉到任何卡牌。
輕鬆拿下赫露沒能得到的「crosses」(X)牌。
第二局上半——歌布琳的交涉。
使用了五枚銅幣，總計五百萬。

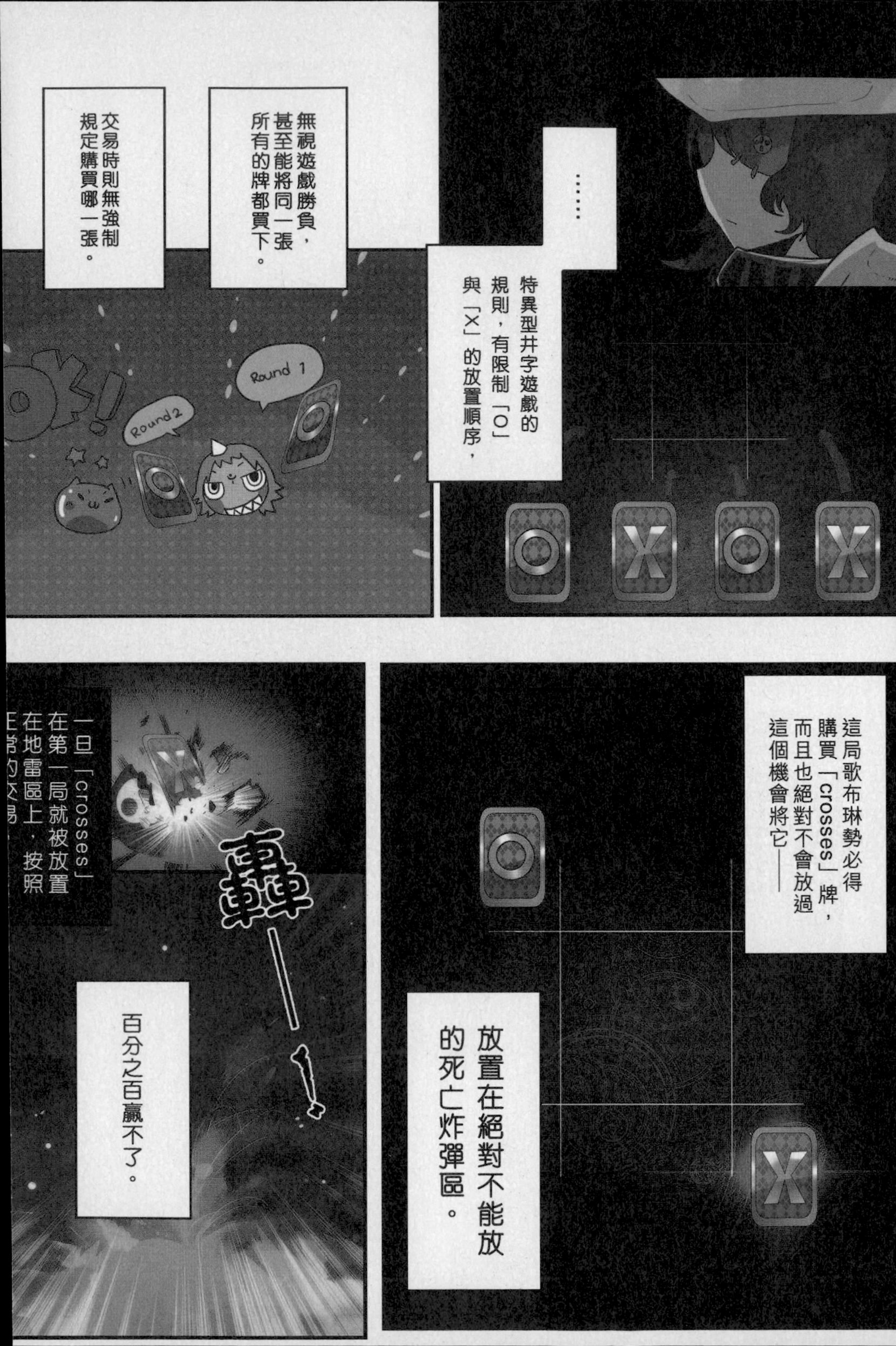
……
特異型井字遊戲的規則，有限制「O」與「X」的放置順序，
無視遊戲勝負，甚至能將同一張所有的牌都買下。
交易時則無強制規定購買哪一張。
OK!
Round 1
Round 2
這局歌布琳勢必得購買「crosses」牌，而且也絕對不會放過這個機會將它——
放置在絕對不能放的死亡炸彈區。
一旦「crosses」在第一局就被放置在地雷區上，按照
轟——！
百分之百贏不了。

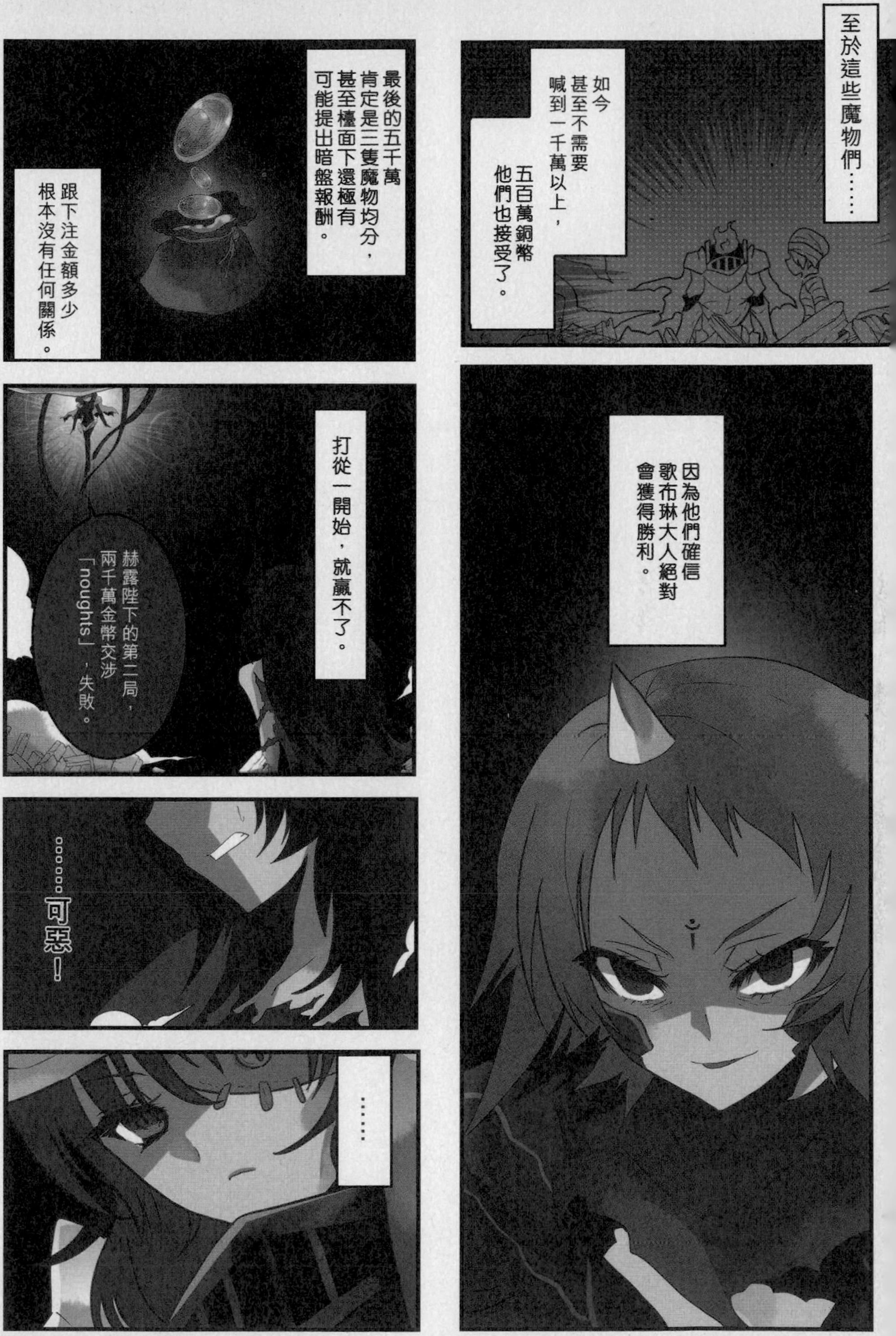

至於這些魔物們……
如今甚至不需要喊到一千萬以上，
五百萬銅幣他們也接受了。
最後的五千萬肯定是三隻魔物均分，甚至檯面下還極有可能提出暗盤報酬。
跟下注金額多少根本沒有任何關係。
因為他們確信歌布琳大人絕對會獲得勝利。
打從一開始，就贏不了。
赫露陛下的第二局，兩千萬金幣交涉「noughts」，失敗。
……可惡！
……

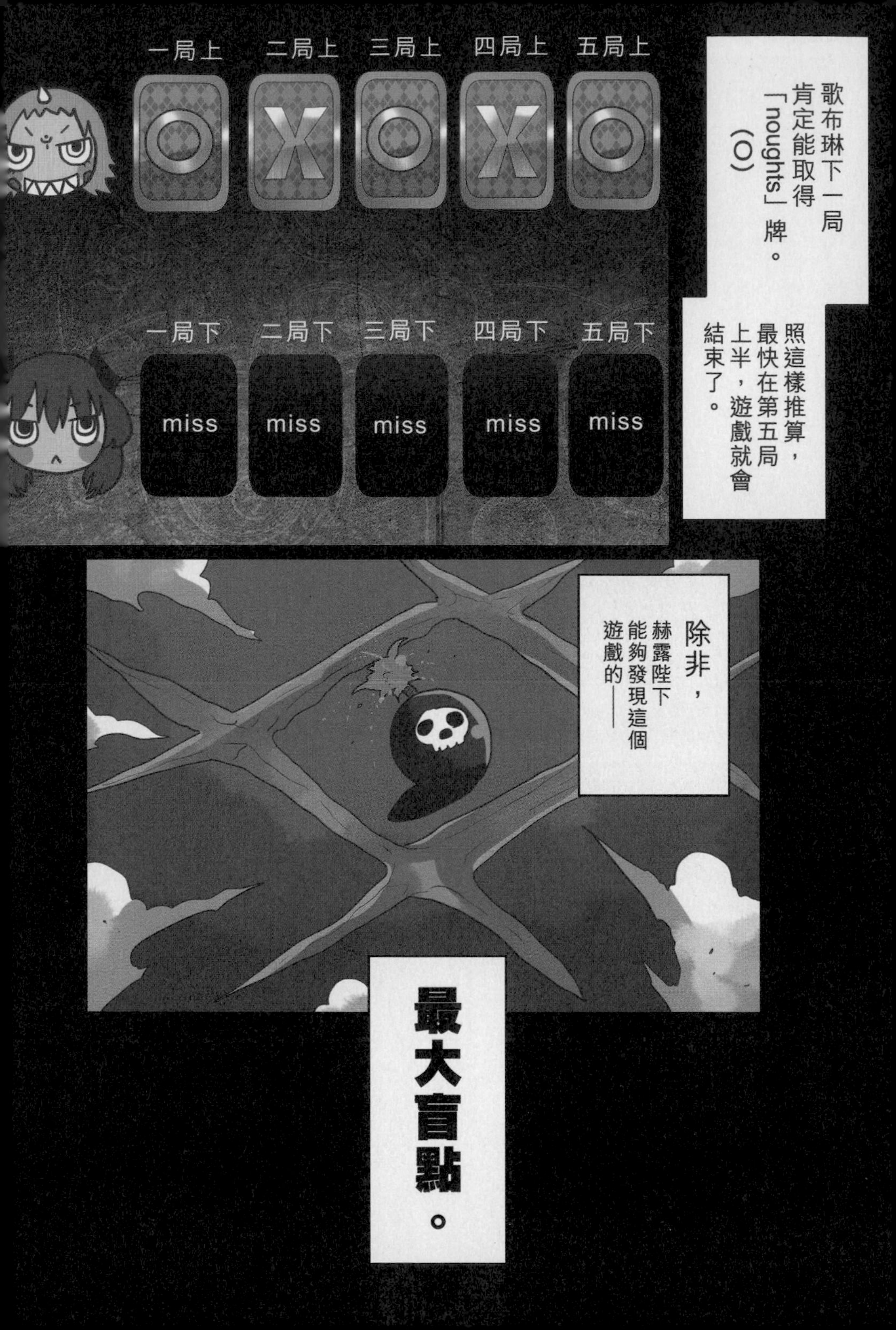
歌布琳下一局
肯定能取得
「noughts」牌
(O)。
照這樣推算，
最快在第五局
上半，遊戲就會
結束了。
一局上
二局上
三局上
四局上
五局上
一局下
二局下
三局下
四局下
五局下
miss
miss
miss
miss
miss
除非，
赫露陛下
能夠發現這個
遊戲的——
最大盲點。

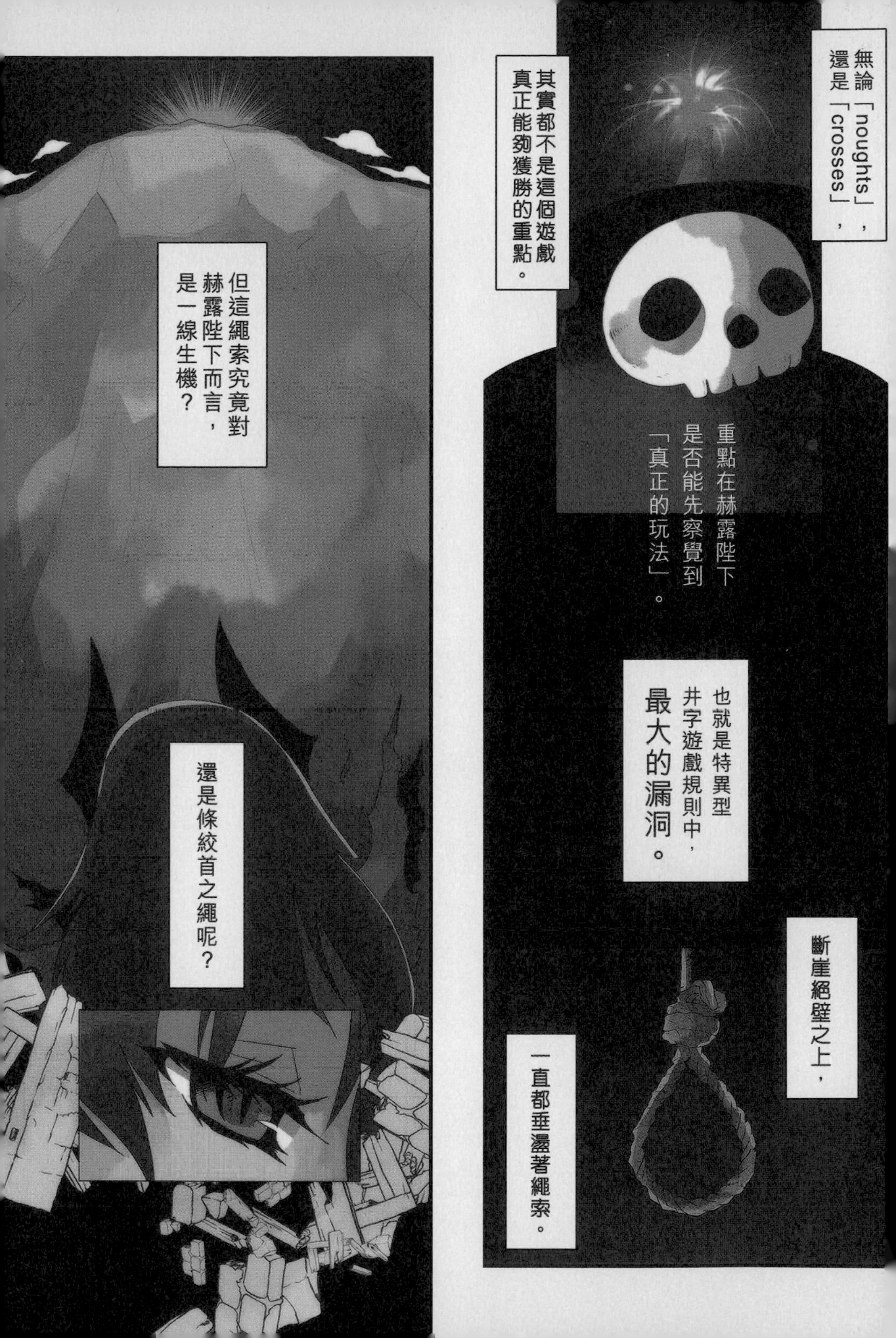
無論「noughts」，還是「crosses」，
其實都不是這個遊戲真正能夠獲勝的重點。
重點在赫露陛下是否能先察覺到「真正的玩法」。
也就是特異型井字遊戲規則中，最大的漏洞。
斷崖絕壁之上，
一直都垂盪著繩索。
但這繩索究竟對赫露陛下而言，是一線生機？
還是條絞首之繩呢？

不過，赫露陛下似乎還沒有看穿這一點，
就連歌布琳大人也沒有察覺。
看來，這場Devil Game的勝敗，
除了開戰前的作弊行為，
就看誰能先察覺……
規則的矛盾之處了。

金屬斬
▶たたかう
にげる
どうぐ

第5話 反擊的狼煙

Contradictions

歌布琳
3000萬
赫露
4900萬
無頭騎士
-2700萬
水獺史萊姆
-1.02億
木乃伊
-2700萬
嗯
第二張「crosses」(X)被放置在右下角的地雷區，
看來勝負大致底定了吧？
不，那可不一定。

雖然我們不會在這最後關頭倒戈，
但總覺得還是會有些莫名的變數。
縱使已經感受不到她以前那近乎無敵的力量，
但驚人的壓迫感，還是總讓人……
啪！

……
冷靜點……赫露……
Devil Game本來就是有利於宣戰者訂定規則的遊戲，
發麻
發麻
事前不做任何準備才奇怪吧？
作弊行為
應該說——

雖然狀況很險惡，但第二盤被拿下來也不代表輸了。
交易的是「noughts」(O)，
籌碼為——一千萬金幣一枚。
我該做的是找出「特異型井字遊戲」規則中的漏洞。
……金幣啊？
這麼快就用到金……
反制歌布琳的作弊行為！
歌布琳的第三局。
慢著……

金幣？
對了，沒錯，歌布琳這傢伙……
只剩下三枚金幣可以交易了！
起手的一枚銀幣、第一回合的五枚銅幣和一枚銀幣、第二回合的五枚銅幣……
剛好兩千萬！
本來很好奇她每一局下注籌碼的意義，原來……
她有自信這遊戲到第五局就會結束！
而且肯定是她勝利。

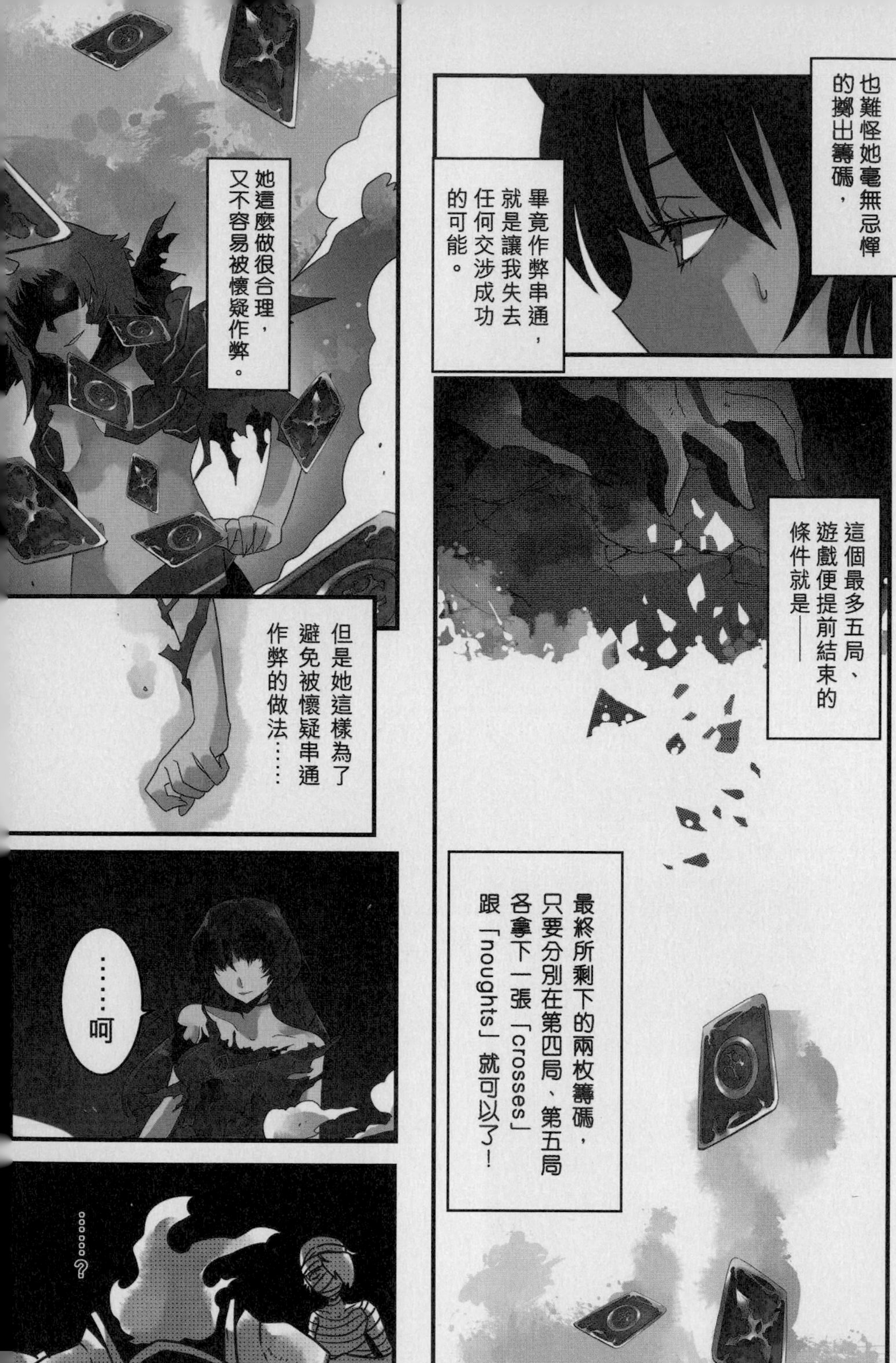

也難怪她毫無忌憚的擲出籌碼，

畢竟作弊串通，就是讓我失去任何交涉成功的可能。

這個最多五局、遊戲便提前結束的條件就是——

最終所剩下的兩枚籌碼，只要分別在第四局、第五局各拿下一張「crosses」跟「noughts」就可以了！

她這麼做很合理，又不容易被懷疑作弊。

但是她這樣為了避免被懷疑串通作弊的做法……

……呵

？

反而讓這個遊戲，出現了極大的規則漏洞。
啊哈哈哈哈……
喂……難不成，那就是所謂的……
腦袋秀逗？
一開始先承諾付清這三隻魔物的負債，串通組成作弊同盟，
遊戲中為了不被懷疑，於是大量使用籌碼。
帶著最後的三枚金幣，想一路闖到第五回合……
我說啊……

歌布琳，妳也未免
太瞧不起我了吧！

什麼？
啊哈哈哈哈哈……
不……！
不可能！
赫露這傢伙不是沒有魔力了嗎？只靠壓迫感……
魔力是消失了沒錯，但你們這些傢伙都忘了嗎？

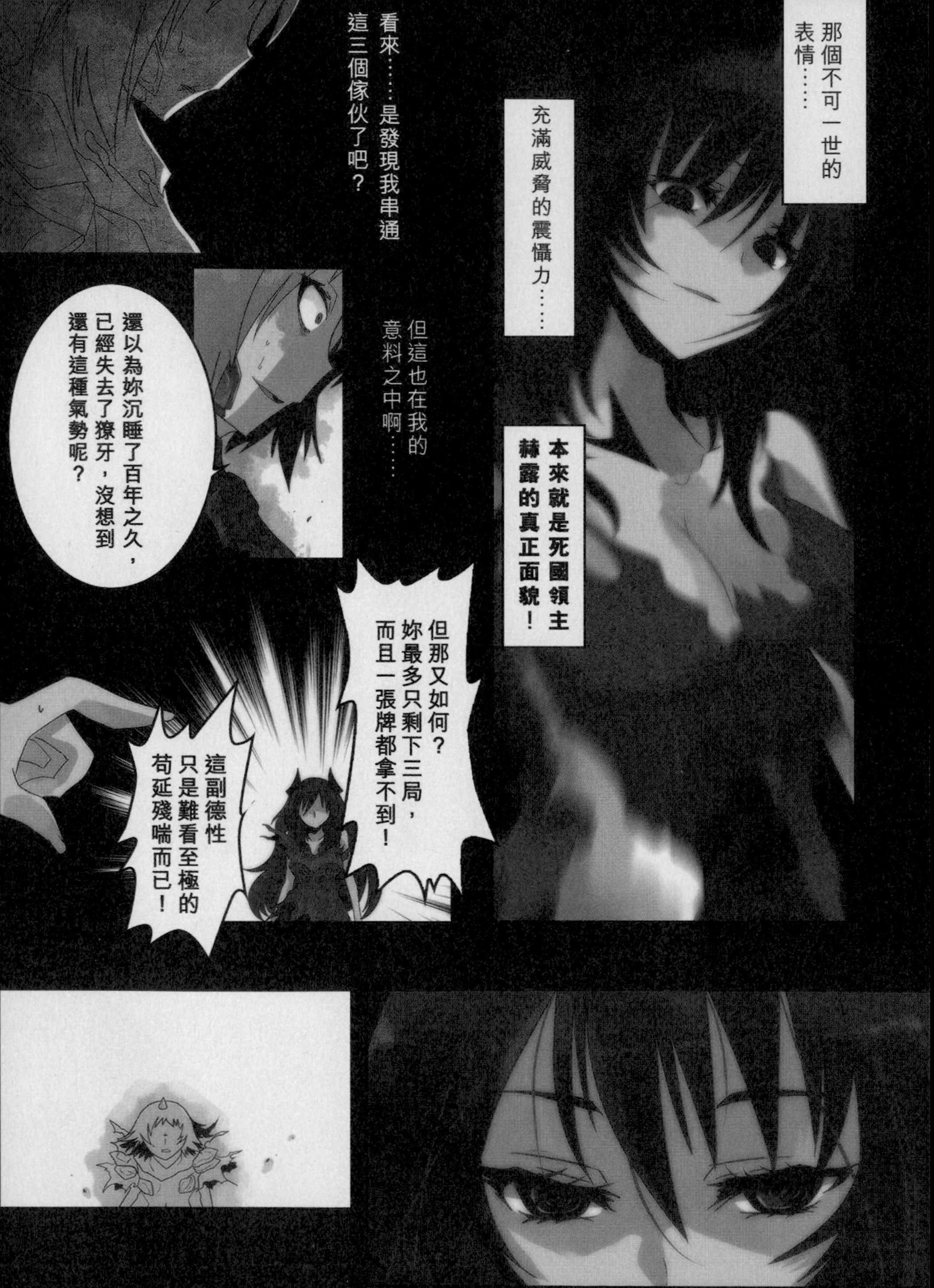
那個不可一世的表情……
充滿威脅的震懾力……
看來……是發現我串通這三個傢伙了吧？
但這也在我的意料之中啊……
本來就是死國領主赫露的真正面貌！
還以為妳沉睡了百年之久，已經失去了獠牙，沒想到還有這種氣勢呢？
但那又如何？妳最多只剩下三局，而且一張牌都拿不到！
這副德性只是難看至極的苟延殘喘而已！

可惡！
明明我贏定了，為什麼……
為什麼內心還是有些不安？
改不掉的
下對上奴性嗎？
不……不對！
這場戰爭遊戲，
赫露跟我的立場
是相反的，
我才是上位者！
下剋上的預感……？
難道她除了發現
聯合串通……
還有能逆轉的辦法?!
這傢伙……
到底發現了什麼？

「第六局」，迎向第六局。
或是凍結在第五局——
遊戲就結束了。
轟轟轟——
歌布琳，
我一直很想問妳——
如果妳贏了，當上了埃流得尼爾的領主，妳打算做什麼？

領地跟隨從都沒了，現在得到領主的頭銜又有什麼意義呢？
!?
更何況實際上……我一直感覺不到妳真的憎恨我。
嗟
現在回想起來，從一開始妳的態度就非常奇怪。
一直留在這裡等著我甦醒，
捨棄地位、
以Devil Game向我宣戰。
真的憎惡我的話，大可像其他人一樣在大戰結束後，就離開這個國家，
甚至直接取我的性命。
所以，仔細想想，
就會覺得妳的動機似乎不太合理。
……

歌布琳，
妳想得到什麼對吧？
求財富？求名譽？求心願？
使用刪去法，就只會得到一種可能吧？
胡言亂語！
埃流得尼爾領主——
這種沒有任何好處的身分，妳得到又能做什麼？
阿卡西克紀錄。
Akashic records
記載著宇宙創世與過去訊息的資料庫。
那是一種統治「國」等級以上的領主，才有權限能看到的玩意。
貫穿世界的所有歷史，是絕對不能讓一般人看到的最高機密。

據說眾神眾魔眾人不管是善良，還是醜陋的歷史過去，都非常詳盡的記載。
曾經有領主一窺，最後卻瘋狂而死呢。
冒這麼大的風險，歌布琳……
妳想從裡面知道些什麼，對吧？
嘛當然──
妳不想承認也沒關係，Devil Game結束後自然就會知道了。
這傢伙真的是……
自我膨脹的厲害。
可以說是個徹底的邪魔外道。

完全搞不懂這傢伙在想些什麼，偏偏她又好像什麼都看透似的，
因為這樣，才更讓人打從心底的……
恐懼。
赫露陛下，請下第三局的籌碼。
「noughts」(o)
銅幣一枚，一百萬。
哈哈哈哈！這傢伙剛剛真的腦袋秀逗啦？
區區銅幣一百萬，就想跟我們

呵呵……果然是裝腔作勢而已嗎？
那麼，……赫露陛下確定了嗎？
銅幣一……
慢著。
除了這枚銅幣，我另外場外加注……
一億。
我額外加注一億元。
開、開什麼玩笑！
場外額外加注！這並沒有在規則中啊？
雖然貝德曾經說過我們各擁有這些籌碼金額，
但可沒有規定不能另外加注。
貝德沒有提到，就代表在讀取血液情報獲得規則時，
妳也並沒有想到這一環。
強、強詞奪理！更何況現在的妳哪來的一億可……
可以。

以身為埃流得尼爾的領主之名，
我能夠得到金錢的方法可不只一種。
!?
歌布琳，假設現在有一個迷宮長這個樣子。
妳會從路口順著走下去？從出口逆著走回來？
還是直接從迷宮外圍繞過去呢？
……？
我啊——
會直接無視規則一路直達終點喔。

妳這傢伙……！
我剛開始就是太死腦筋，才會沒察覺到你們在這場遊戲中動手腳呢。
亂七八糟……如果讓赫露就這樣把剩下局數完成……
而且允不允許我加注這一點，
我想，也應該問問他們吧。
!?
至少四億……
……………想尿尿。

四億。

即使不算現在手頭有的，每個人還能平分四億……

表情……
表情不對了……
他們在猶豫……鬆動……？
貝德！這件事情是允許的嗎?!
……是的。
不如該說，這場遊戲的玩法本就該如此。
貝德妳這傢伙……！
要對付妳的「手段」，使用正面的進攻法是行不通的。
到頭來，這場遊戲……
我得讓自己負債才行呢。

好了，「noughts」，一億元。
有誰願意跟我交易？
嘶……
這邊有一張，
我願意跟妳交換。
……
……
「noughts」，
妳想要的是這張吧？我跟妳交換。
……不過，
真的能拿到一億吧？
當然，而且接下來每一局，
我都會場外加注一億，買下你們手中的牌。

木乃伊……！
妳這傢伙！
妳知道這麼做的後果……！
啊啊——慢著慢著，先聽我說，歌布琳大人。
赫露那傢伙要的可是「noughts」啊。
依規定，放牌必須依照順序，這代表這一回合她拿到牌也不能出。
所以我們拿了這一億，也沒有任何損失吧？
放心，就算赫露她擁有那張牌，也什麼都做不了。
小聲
乍聽之下似乎很有道理，
但是不對。
……不對。
不對！木乃伊這傢伙在說謊！

這個時候買下「noughts」雖然失去出牌權利，
要到下回合才能擺牌沒錯，
他們很清楚，當時串通就以五局結束為策略。
也很清楚支持赫露，最少也能拿到四億。
但是這代表下一回合的我，只能購買我不需要的「crosses」！
就算交易「noughts」下一回合也無法出牌，
對方更只要購買「crosses」，就能輕鬆堵住我的去路。
那是藏匿不住喜悅，倒戈者的眼神……！
可惡！
可惡！
可惡！
負債累累的魔物們一開始就對魔界的內鬥沒什麼興趣，
與我的結盟本來就僅僅建立在利益之上。
現在的倒戈，
也只是立刻靠往更絕對的利益罷了。

之後的歌布琳雖然也跟著使用場外加注，
但在場的魔物們都清楚，背後沒有雄厚財力支撐的歌布琳，
加注的金額很可能只是……
一張空頭支票。
於是第四局交涉的「crosses」看似成功，
但實際上卻是迎向第五局的失敗。
魔物們的確已經倒戈，畢竟該選擇支持誰，再明顯不過了。
知道死國藏寶庫所在地、能夠發行國債、擁有貨物貿易權限的赫露，要拿出四億籌碼的方法多的是。
相對來說，這是超高報酬、極低風險的賭注。

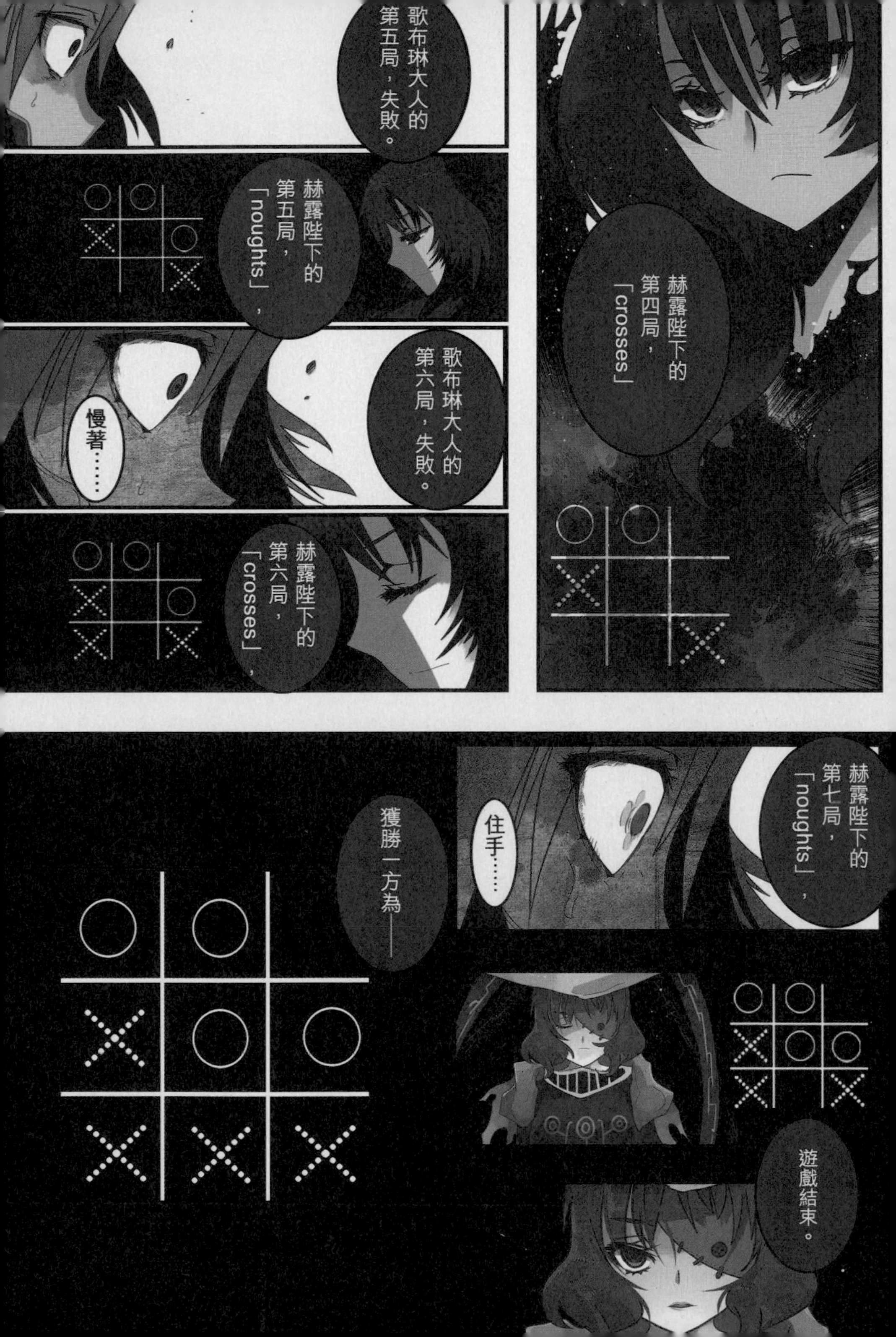

赫露陛下的第四局，「crosses」
歌布琳大人的第五局，失敗。
赫露陛下的第五局，「noughts」，
歌布琳大人的第六局，失敗。
慢著……
赫露陛下的第六局，「crosses」，
赫露陛下的第七局，「noughts」，
住手……
獲勝一方為——
遊戲結束。

赫露陛下！
呼……

暴發戶魔王
四億！
是四億喔！
夢想被鈔票打臉的M
啪！
啪！
伊咕！
4E

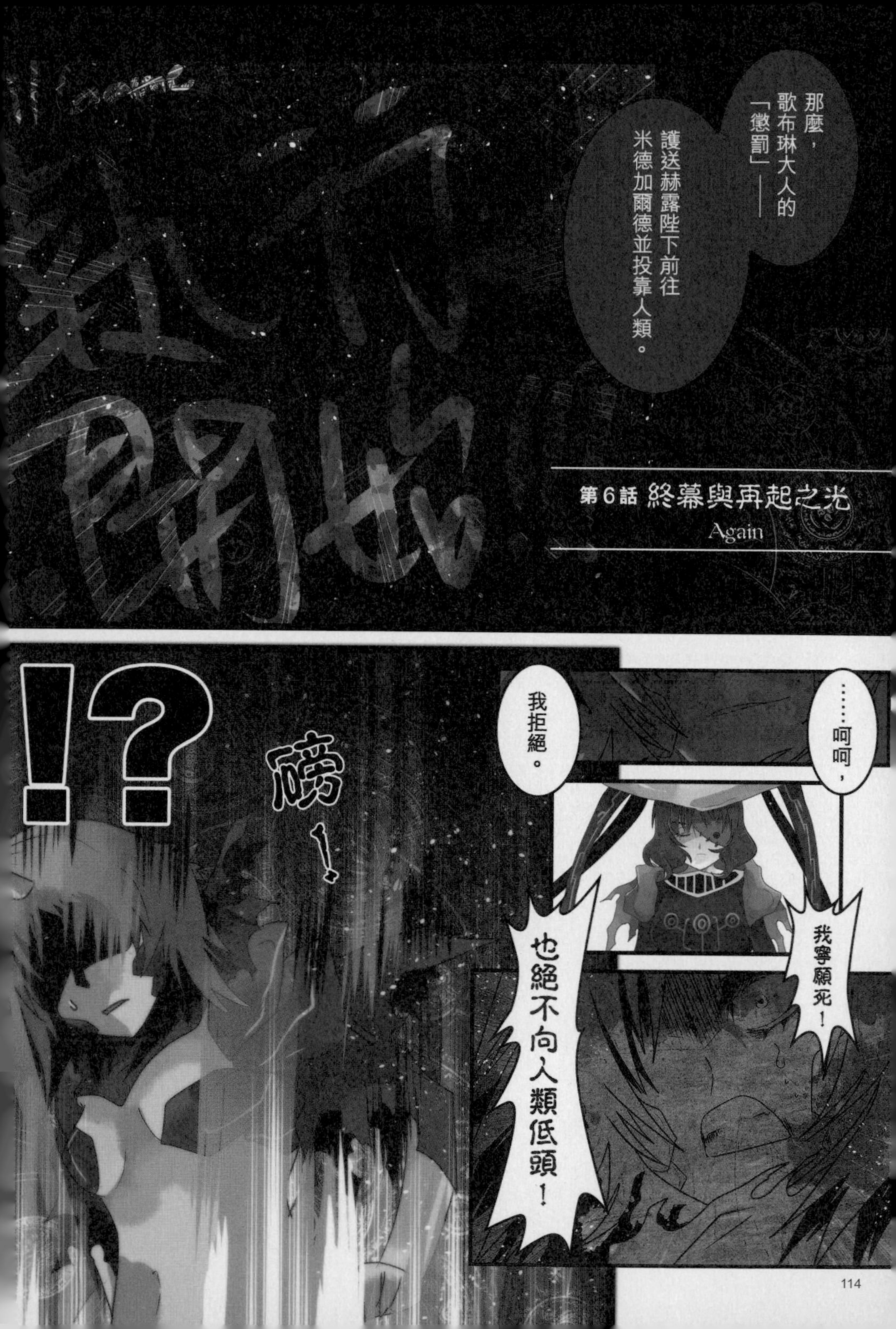

那麼，歌布琳大人的「懲罰」——
護送赫露陛下前往米德加爾德並投靠人類。
第6話 終幕與再起之光
Again
……呵呵，
我拒絕。
我寧願死！
也絕不向人類低頭！
磅！
!?

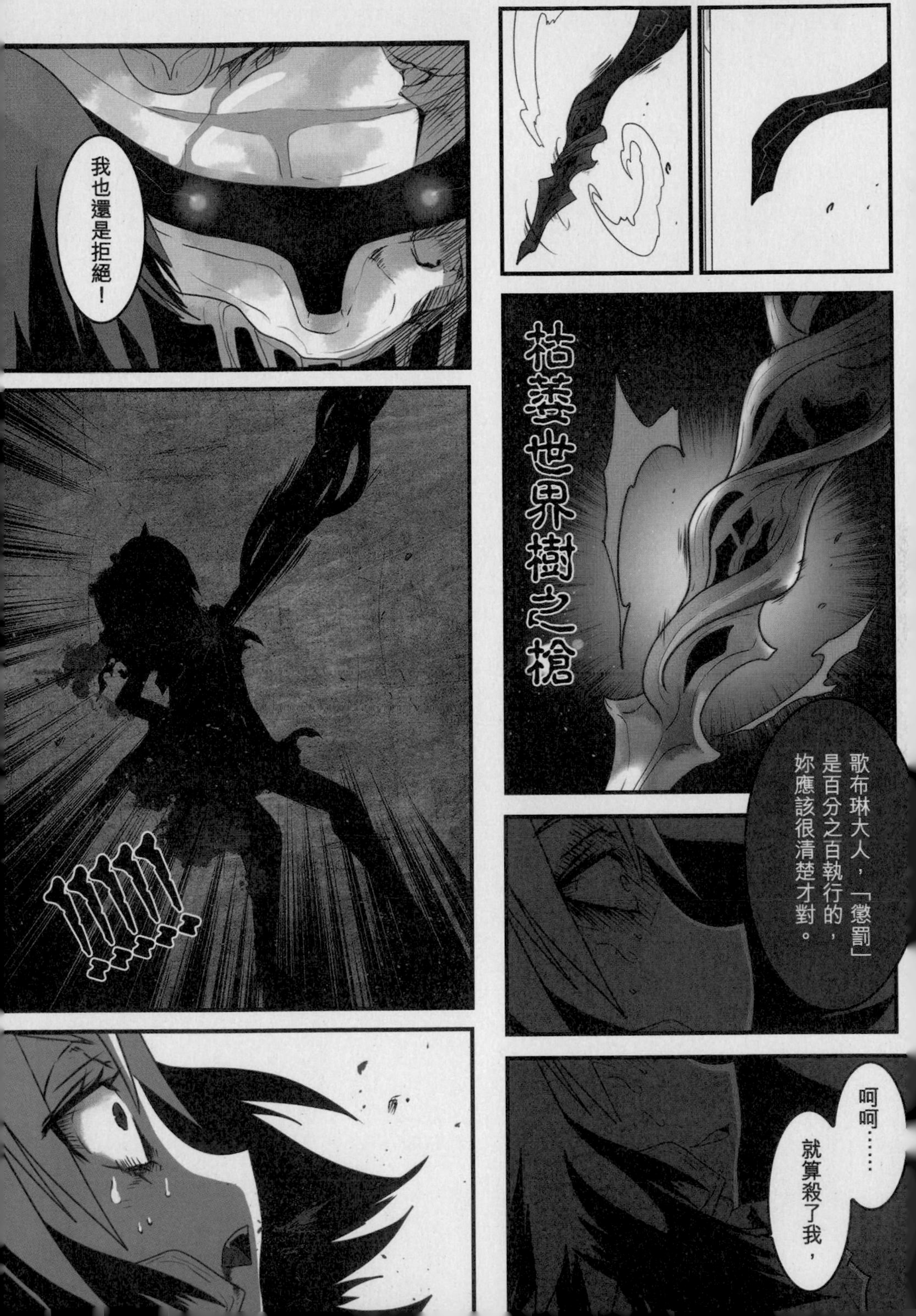
我也還是拒絕！
枯萎世界樹之槍
歌布琳大人，「懲罰」是百分之百執行的，妳應該很清楚才對。
呵呵……就算殺了我，

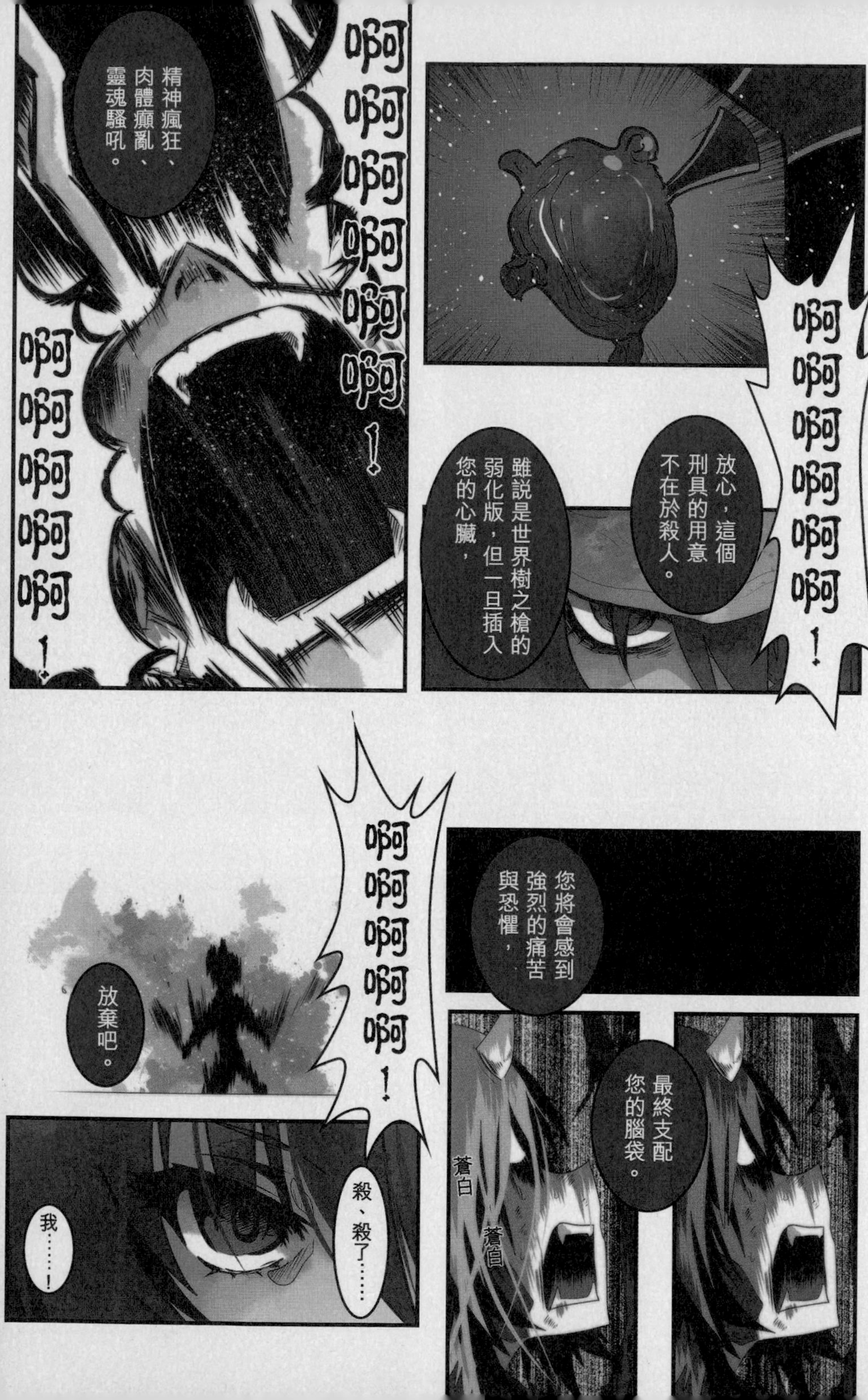
啊啊啊啊啊啊！
放心，這個刑具的用意不在於殺人。
雖說是世界樹之槍的弱化版，但一旦插入您的心臟，
啊啊啊啊啊啊！
精神瘋狂、肉體癲亂、靈魂騷吼。
啊啊啊啊啊！
您將會感到強烈的痛苦與恐懼，
最終支配您的腦袋。
蒼白
蒼白
啊啊啊啊啊啊！
放棄吧。
殺、殺了……
我……！

住手，貝德。
請赫露陛下退後，
執法過程中，不容許任何人阻撓，
即使是領主、贏家也一樣。
嘶嘶嘶……
……我說了慢著。
我需要的是真心認輸、對我心悅誠服的部下，
一個用操控精神得來的護衛，肯定只會扯後腿，屆時旅程上出意外，妳負得起責任嗎？

嗯，沒關係。
我明白了。
赫露……妳這傢伙，殺了我！
……我說快殺了我！妳這混帳！
但赫露陛下知道，這樣等同於放棄自己Devil Game勝利的「獎勵」嗎？
在這裡死亡，就永遠不知道當初斯芬．衛斯里「為何背叛你們」的真相了。

……？妳、妳為什麼會……
曾經開啟阿卡西克紀錄看過那段歷史……？！
難不成，妳這傢伙……
……那可是埃流得尼爾殲滅戰的起因耶，
我當然也會暗中調查啊。
有什麼好調查的？那傢伙——
那傢伙肯定是為了從長老院手中得到地位啊啊啊啊！
……哈、哈哈！
就算過了一百年，到現在族人的哀鳴依舊在我心中徘徊不去！

利用我殲滅地精，那傢伙往後的日子肯定過得很好吧！
……
不。
自殺。
斯芬．衛斯里的死因為——自殺。
地精殲滅戰後沒多久，
他就死了。
妳很自責吧？
認為地精種的毀滅性打擊，全都是妳的錯吧？
妳說什麼……？
不對的。
阿卡西克記錄了跟妳想的完全不一樣的過去。

不一樣的……
過去？
最關鍵的地方被加密了。
阿卡西克資料庫的那段歷史，在重要的地方被人鎖上了。
赫露！妳還知道些什麼？
快告訴我！
……
我也很想現在就告訴妳，可惜沒辦法。
?!
……妳說加密？
可是我所知道加密的方法……
沒錯，擁有加密權限的，
本來只有主神奧汀那個老傢伙。

「本來」？
妳的意思是非奧汀所為？
嗯……也不能說一定不是他。
只是這件事，目前看來對那個老謀深算的傢伙沒有什麼好處。
但是除了他之外還有誰能做這種事？
所以我才花了許多時間去翻閱古代祕典尋找規則。
……經過我交叉比對、反覆查證後，
得知加密權限不只主神可以擁有。
「九大領域中，能統管三大以上的領主即有資格。」
阿薩神域（Asgard）神族
穆斯佩海姆（Muspelheim）火族
愛爾芙海姆（Alfheim）白精靈族
米德加爾德（Midgard）人類族
約登海姆（Jotunheim）巨人族
華納海姆（Vanaheim）獸族
史瓦德愛爾芙海姆（Svartalfheim）黑精靈
尼芙海姆（Niflheim）冰族
尼芙海爾（Nifhel）死族

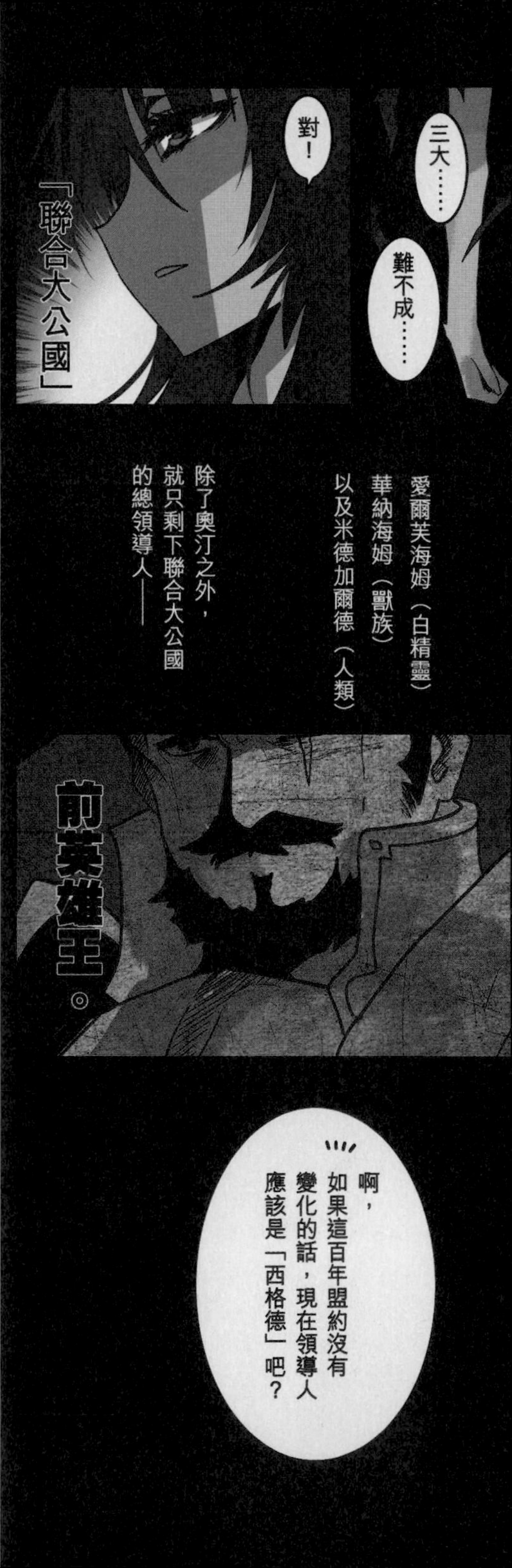
三大……
難不成……
對！
「聯合大公國」
愛爾芙海姆（白精靈）
華納海姆（獸族）
以及米德加爾德（人類）
除了奧汀之外，就只剩下聯合大公國的總領導人——
前英雄王。
啊，如果這百年盟約沒有變化的話，現在領導人應該是「西格德」吧？
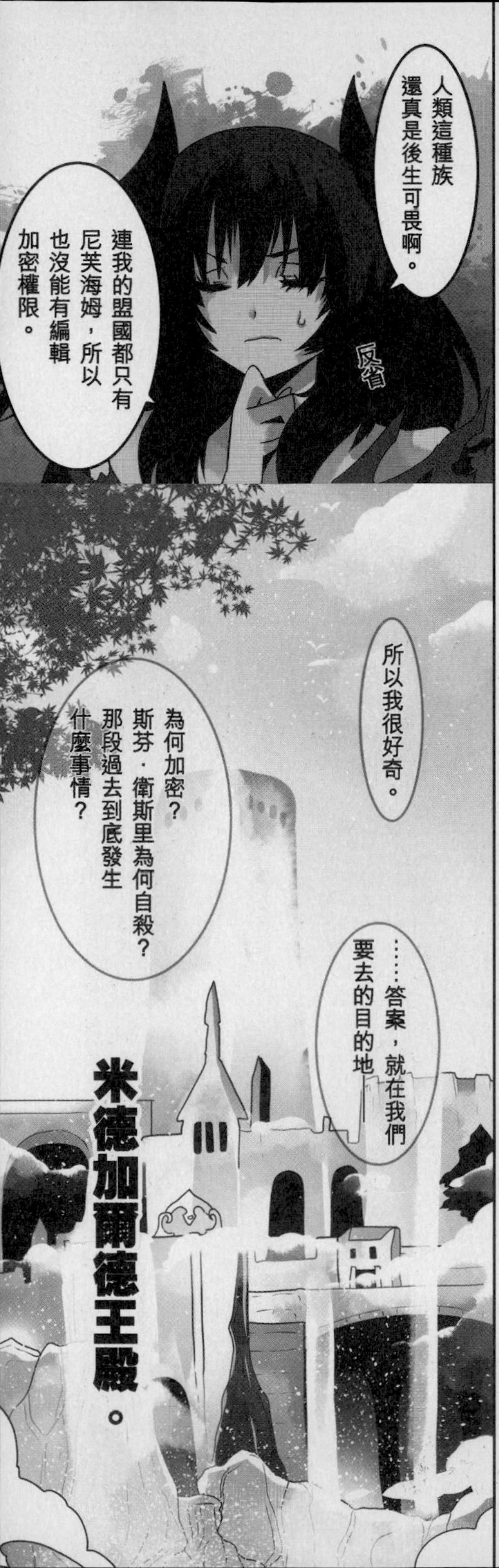
人類這種族還真是後生可畏啊。
反省
連我的盟國都只有尼芙海姆，所以也沒能有編輯加密權限。
所以我很好奇。
為何加密？斯芬．衛斯里為何自殺？那段過去到底發生什麼事情？
……答案，就在我們要去的目的地
米德加爾德王殿。

歌布琳，妳不想用自己的眼睛查證嗎？
歌布琳，我需要妳的力量。
妳調查了百年之久，過程受到重重阻擾與打擊，始終都不覺得有背後勢力嗎？
我不知道是長老院、魔界眾議院，還是有更深層的黑暗，
看來，「真實」藏匿在這趟旅程的背後。
沒有半點魔力的您，獨自上路是會辛苦一點呢。
為了查清楚，跟我來吧。
Devil Game，我輸了。

敬候差遣，吾王·赫露陛下。
那麼，我的任務也到此結束了。
歌布琳大人，多有冒犯請多見諒。
囉唆，快滾。
嗯謝謝了，退下吧。
那麼，
靜待下次差遣。
啪！啪！啪！
鼓掌
好了好了，能夠是一個圓滿的大結局真是太好了呢。
？
比起這個，更重要的果然是「我們的報酬」吧？
四億零四百萬血幣。

這是寶物庫房的鑰匙，
裡面的東西價值應該超過四億，
拿去。
看到喜歡的就搬去吧，反正暫時我也用不到。
唔喔喔……
真是感謝吾王呢。
省省這個稱謂吧，一開始你們可是想把我逼到絕路呢。
啊哈哈，別說得這麼難聽，我們可是利益交換的主僕關係呢。
不過赫露陛下也真是大膽，居然下外注，
明明負債的情況這麼嚴重。
哈哈……多虧妳說我一無所有，前後無路像個負債魔王，給了我靈感。
說到負債嘛，當然就會……
……不，我意思是，赫露陛下妳真的是「負債累累」。
咦？
字面上的負債累累。

的確給木乃伊他們寶物庫鑰匙是對的，
？
？
那是人類唯一無法破壞的門，所以裡面的東西是僅存安好的。
也就是說殲滅戰時，不論是貨債還是其他值錢的東西，早就被人類搬得一乾二淨了。
赫露陛下您現在別說是身無分文，還因為滅國，外匯信用破產、
高達了一千億元。(換算人類幣約66兆4千7百億)
包含復興國家在內的重建費用，總負債……
對不起……因為這數字實在大得太虛幻了，所以我根本不知道該做些什麼反應才好。
請面對現實

放心，魔界人力仲介做粗活的薪水可是很高的。
啪
啪！
就算再高，整個大宇宙毀滅再生個三四次都還不起吧！
那我知道有些俱樂部特別喜歡陛下這種類型。
住口！
既然如此，為了還這一千億元只好到人類世界去燒殺擄掠……
這樣您被全國通緝，還要調查什麼鬼真相？
所以我才說那四億可是妳最後的資產了，居然還把它拿出來賭。
原來只是根本沒想到？
我一直在睡覺怎麼會知道我
不過話說回來，要到人類世界去，總不能穿著這身破破爛爛的行頭……
而且太招搖了，簡直就像詔告「魔王來了」一樣。
那我們該怎麼做？

嗯……
得換件乾淨點的衣服。
印象中的人類衣服大概就像這樣吧？
呃咦？可是頭上的角？
一樣很招搖？
放心！一點障眼法的魔力我還是有的！
外人看到，就像是花的裝飾品一樣啊！
花裝飾……
嘛……算了。
不過我在想，這趟旅程只有我們兩個去，似乎還是有點吃力呢。

雖然魔力恢復了一些，但還是處於相當的低點，
往後可能會需要真槍實彈的戰鬥，所以魔物們若能跟我們一起啟程就好了。
——啊，PASS，我無法接受陽光照射，所以自願留守。
而且有了這將近一億五千萬，不要說過好日子，篡位當王都沒問題！
妳啊，
陛下不嫌棄的話，就讓我們跟著吧。
噗哈姆。
旅途上把錢高利貸借給陛下，
獲得更多暴利似乎是個不錯的選擇呢哈哈哈哈！
你們則是內心話
可是無頭騎士跟史萊姆身形都不太像人類，這樣一下就會被識破了吧？
這您大可放心，歌布琳大人。
只要像這樣！
抓——！
啪！

如何？
這樣就沒問題了！
活脫脫像個人對吧？
嘛算了。
那麼稍微休息一下
就出發吧。
負債一千億的魔王、
追求真相的地精、
高利貸無頭騎士
(+史萊姆)
正式向人類
世界——挺進！

要到地上去，必須支付國境出入費用、調查半年以上的伙食費、住宿費、生活用品費……
妳還是去打粗活工如何？
少囉唆！

哼，難得眾議院舉行審議，這回又怎麼了？
討論
紛議
我想是那件事吧？
第7話 米德加爾德
MIDGARD
妮芙．赫露「應該」要提交的「米德加爾德國境出入」申請書。

二席睡了百年終於醒啦？這次比較久呢？
【幹部六席・米爾芭芭菈】
到地上去？魔界六成領土葬送在她手上，醒來卻還能這麼故我嗎？
【幹部四席・帕波曼達】
咳咳，傳聞二席好像跟她的嘍囉進行了Devil Game——
部五席・沃庫隍】
哼，進行了那種古老賭博遊戲，還差點輸掉領主地位，真是丟臉吶。
【幹部七席・歐里沃】
比起那個，我比較在意「應該要申請」的「應該」是什麼意思？
【幹部八席・古洛洛諾】

對……
妮芙・赫露未完成申請就穿越國境。
【首席・闇食】
簡單說，就是非法偷渡。
我們準備——
要吃晚餐了！
喔喔喔太好啦趕路好幾天，總算可以休息一下了！
這次要吃什麼呢？

方糖。
好小氣！
除了能提高血糖，還能供給熱量，是不可多得的……
什麼小氣！
對於一個負債一千億的人來說，方糖可是奢侈品！
扔飛！
我今晚的熱量！
你在搞什麼？這可是重要食物來源啊！
仔細想想，我身上至少有一億，就算是漫畫肉這種高級食材我也吃得起啊！
呸，這肉好硬。
……你這傢伙，
不可饒恕……！
食物的怨念
強烈的……
遞
我原諒你！

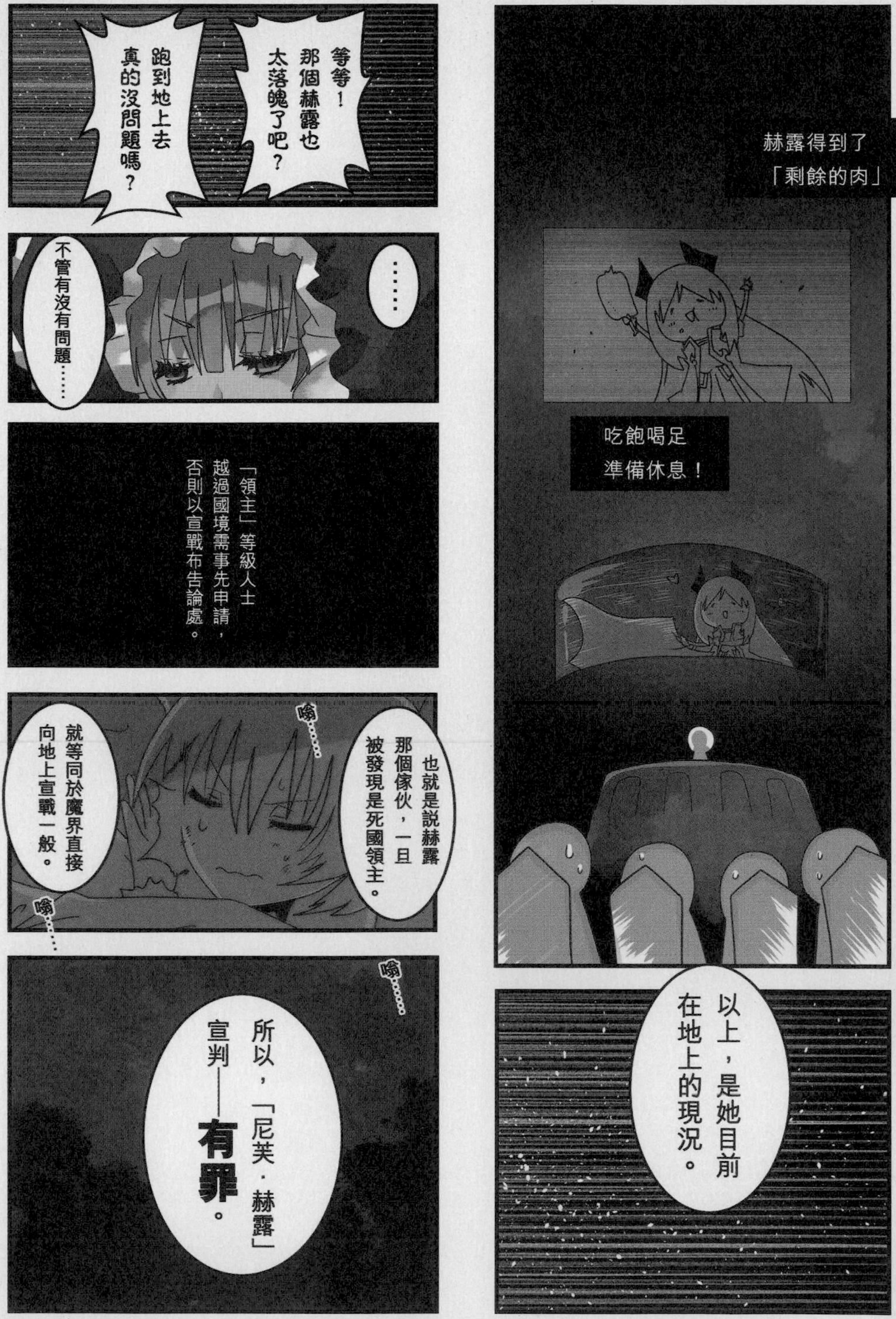

赫露得到了
「剩餘的肉」
吃飽喝足
準備休息！
以上，是她目前在地上的現況。
等等！那個赫露也太落魄了吧？
跑到地上去真的沒問題嗎？
……
不管有沒有問題……
「領主」等級人士越過國境需事先申請，否則以宣戰布告論處。
嗡……
也就是說赫露那個傢伙，一旦被發現是死國領主。
就等同於魔界直接向地上宣戰一般。
嗡……
嗡……
所以，「尼芙·赫露」宣判——有罪。

特准六席官——
米爾芭芭菈前往地上，
將赫露押解回魔界。
眼睛
瞬開
總之請千萬記住
勿引起人類騷動。
潛行在他們身邊
等待出手機會吧。
遵命！
嗡……
是。
嗡……
啪！
啪！
嗡……
啪！
嗡……
嗡……
嗡……
這是什麼玩意兒？
吵得我睡不著啊！
在地上據說是被
稱呼為「吸血翅蟲」
的玩意。
會被那種聲音
干擾到無法休息，
代表修行還不夠。
嗡……
嗡……
好吵！

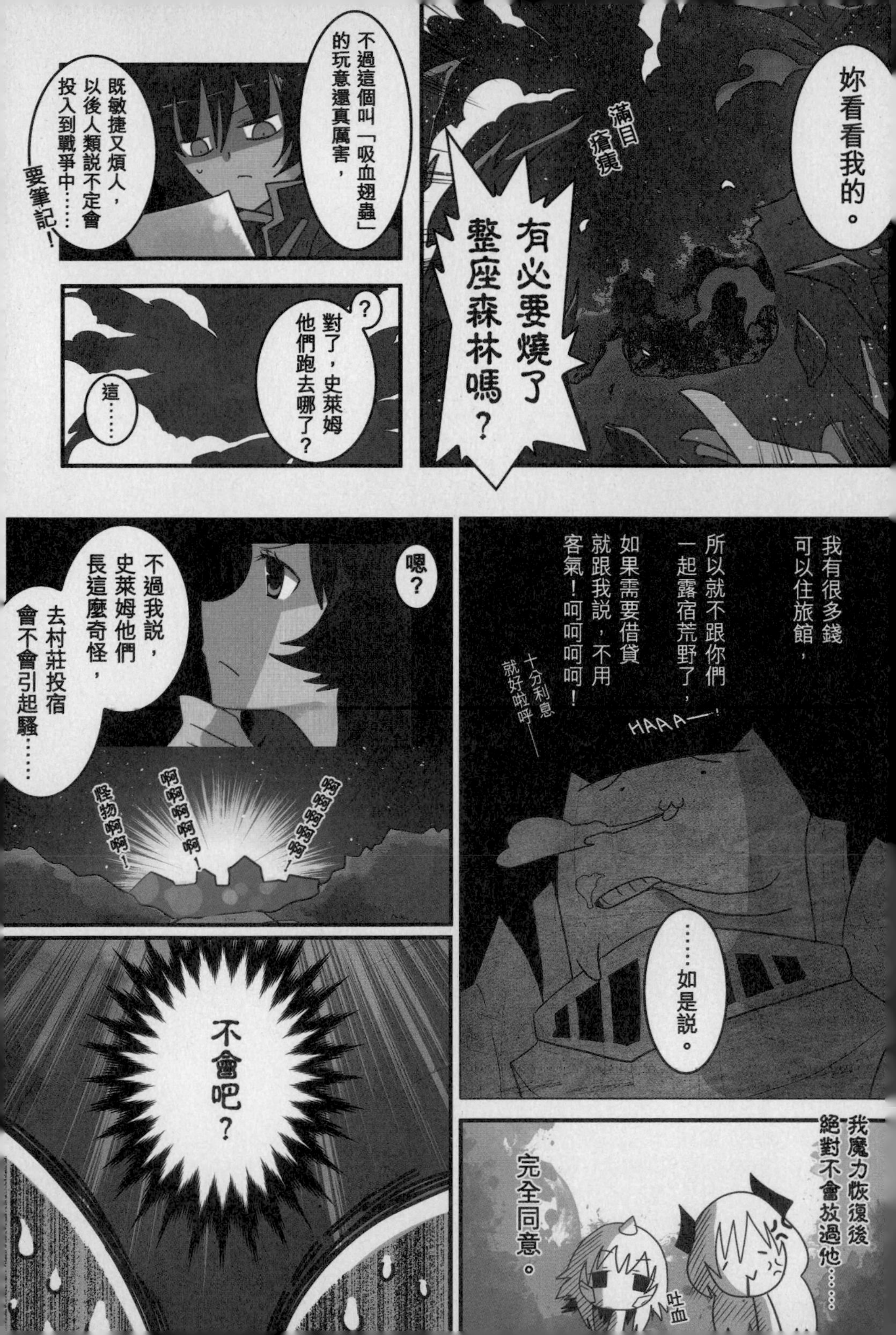
妳看看我的。
滿目瘡痍
有必要燒了整座森林嗎？
不過這個叫「吸血翅蟲」的玩意還真厲害，
既敏捷又煩人，以後人類說不定會投入到戰爭中……
要筆記！
？
對了，史萊姆他們跑去哪了？
這……
我有很多錢可以住旅館，
所以就不跟你們一起露宿荒野了，
如果需要借貸就跟我說，不用客氣！呵呵呵呵！
十分利息就好啦呼——
HAAA——！
……如是說。
嗯？
不過我說，史萊姆他們長這麼奇怪，
去村莊投宿會不會引起騷……
啊啊啊啊！
啊啊啊啊啊！
怪物啊啊！
不會吧？
我魔力恢復後絕對不會放過他……
完全同意。
吐血

喂這是什麼東西！
吵雜
頭上長著角！
吵雜
我們這村莊第一次看見！
怪物……？
難不成是魔界的……？
不會吧？已經幾十年沒看過……
吵雜
吵雜
吵雜
吵雜
吵雜
……咦？
不是史萊姆？
呼
吵雜
吵雜
喂……！要拿石頭丟她嗎？
會不會攻擊我們啊？
吵雜
吵雜
吵雜
你這個膽小的傢伙！
你說什麼？
你們看她身上的衣服破破爛爛……
吵雜
吵雜
吵雜
啪！
吵死啦！給我安靜一點！

唔喔喔好奇怪的傢伙！
你沒資格說她吧？
吵雜
……喂，歌布琳，妳發現了嗎？
嗯，那孩子……
吵雜
明明水獺史萊姆長得比較奇怪，卻沒人去抓他。
很奇怪……
沒錯，非常不自然。
重點不是在那裡啊笨蛋！

角啊！
那個角可是魔族的特有表徵！
無法憑一己之力來到「地上」的他們，為什麼會出現在這裡？
這個才比較奇怪對吧？
鱗片短耳也是地精的特色！
呼呼……
也就是說這傢伙是混血種！
啊！
米爾芭芭菈——祕密任務進行中。

喂，妳這傢伙到地上來幹嗎？
啊？視察啊，例行性的地上視察。
是嗎？
……幹嘛？懷疑我啊？
那為什麼會變成這種情況？
我哪知！
人呢？
沒看見！

可惡！跑去哪裡了？
呼——呼……安全了？
呼——呼……應該吧？
米爾，妳這傢伙怎麼會知道
喔？那個啊？
妳們在來到這個村莊之前，應該有遇到吸血翅蟲吧？
？
非常多。
？
這可不成，這些監視翅蟲無法辨識目標，只會本能的亂飛。
牠們是經過我特地改造的翅蟲，複眼能夠監視並回傳影像。
從我到地上來後，就已經放出一大群跟著妳們了。
那種玩意給我用一隻就好啦啊啊啊啊！
所以我一直覺得作嘔頭暈。
噁！
妳的生物改造技術也太沒用了吧啊啊啊！

……
……算了，在意這種事之前。
死國的稀有特異一族……
對於異族結合所產下的子嗣，還真是少見。
我還有件麻煩事情得先處理。
呃……那個，妳會說埃流語嗎？或是秘蘇圖克語？妳叫什麼名字？
我、我叫做……「別希爾」，我會說埃流語、人類語，以及一點魯納文。※
「混血種」。
魯納文？妳年紀這麼小居然連這個都會？
是、是抓走我們的索沃克教我的。
抓走？
索沃克……我聽過這個名字。
佛爾頌家族的成員之一，同時也是二星勇者——索沃克。

※奧汀所創，使用魔法道具時詠唱的特殊語言。

佛爾頌家族？
二星勇者？那是什麼？
什麼啊？妳不知道勇者制度嗎？
擺脫貧窮的一百種苛刻暴政我是知道。
勇者制度——又稱階級勇者。
埃流得尼爾殲滅戰結束後，由前英雄王視功績而頒布的「認證勇者」職業法制。
星數愈高代表勇者的名譽功績愈高。
至於家族的部分以後再跟您解釋。
但從這地圖來看，別希爾所言不假。我們的確踏入了索沃克的勢力範圍。
附帶一題，前任與現任英雄王，
都是最高階級的「六星勇者」。
他是佛爾頌家族中數一數二富有的商人勇者，
專門從事各種船隻、武裝等買賣。
因為軍事力上帶給王國各種強力後盾，
所以被賜予了二星勇者的階級。
記得好像是這樣？

不過別希爾剛剛說「抓走」？軍火商勇者要抓混血種，
難道原因是……
想來想去，那個可能性最大，
也就是——
魔物生體買賣。
戀童癖！
掐住
對、對不起我只是緩和緊張氣氛……咳！
不要管那個笨蛋了，所以妳們真的被抓去進行交易買賣嗎？
咳！
咳！
求、求求妳們……
一定要救救奈爾！拜託妳們！
我不知道……
等到我發現的時候已經……
緊抓
奈爾？

他是我在裡面唯一的朋友！
那個……別希爾……
冷冷冷冷冷靜！
他幫助我逃出來，可是他卻被抓回去了！請妳們救救他！
我跟奈爾他們大概有十個人左右被關在地窖裡，
那裡看不到月亮與光線，也沒有鐵窗，所以我想應該是在很深很深的地下。
咴！
咴！
看來，被抓走的魔族或混血種不只別希爾。
只是不知為什麼，我偶爾可以到地上，
這時候索沃克會教我人類語言
喂，妳剛剛說的「裡面」，指的是索沃克的莊園宅邸嗎？
對……！
然後邊說「時間快到了……」之類的話。
果然是戀童癖！
閉嘴！
!?
……我想，應該是這個。

妳、妳的耳朵？
地精的長耳，尤其是幼年地精的長耳。被割除了。
可是製作大萬能祕藥的主要材料。
使用後可以得到極強極大、超越人類的力量，據說特殊條件下可以長生不老，非常稀有的祕藥。
大萬能祕藥？那玩意對人類來說，
不是高失敗、高死亡率的詛咒之藥嗎？
但成功率不是零吧？
能獲得長生不老，人類就會瘋狂追求。
等等，做了這種像是人口販子的事情，還能自稱是「勇者」嗎？
縱使是人類世界，在國王管不到的地方，像這樣隱藏在底下的黑暗面，也是層出不窮的。
再說我們是魔族，消滅我們反而更可以凸顯勇者的功績吧？
說得也是——呢！
……唉，麻煩事一籮筐，
決定了，我們去給那個二星什麼的，一個狠狠的教訓。
米爾妳也一起來吧。

什麼？
等等，這件事跟我沒有關係啊？
誰叫妳不肯乖乖申請國境出入！
說到底，我可是為了抓妳回去才來的！才沒時間在這鬼混！
話說回來，為什麼妳要用偷渡的方法到地上來啊？
因為要舉行投票？審議時間很長？
因為我沒有錢。
保證金一億血幣我根本出不起。
妳很想知道？
那當然啊！
那我告訴妳……
我知道了，就幫妳這次吧。
嗡嗡
嗡嗡
但醜話說在前頭，戰鬥的場面別叫我。

我可以用吸血翅蟲協助妳們偵查人質的所在地。
在無法深入的地方，我的翅蟲可是很有用的。
雖然無法控制飛行方向……
嘔吐！
行不行啊？
不過我想說，妳們先去莊園宅邸沒問題嗎？
什麼意思？
……妳問我什麼意思？
妳們那邊……
不就帶了一隻魔物到地上來？
如果索沃克真的在進行魔物體買賣，
它不就是最好的標靶嗎？

喂，大叔，雖然進來之前要先敲門是禮貌，
但你們也太用力了吧？
魔物？喂喂大叔你身旁不就帶著兩隻嗎？
而且看那滿滿螺絲釘，
想必大叔你正在幹著捕獲魔物、並加以改造成軍隊的下三濫勾當吧？
村長來跟我稟報，這裡似乎出現已經絕跡的魔物。
看來是真的呢。
很抱歉，為了村子的寧靜，
我們要消滅你！

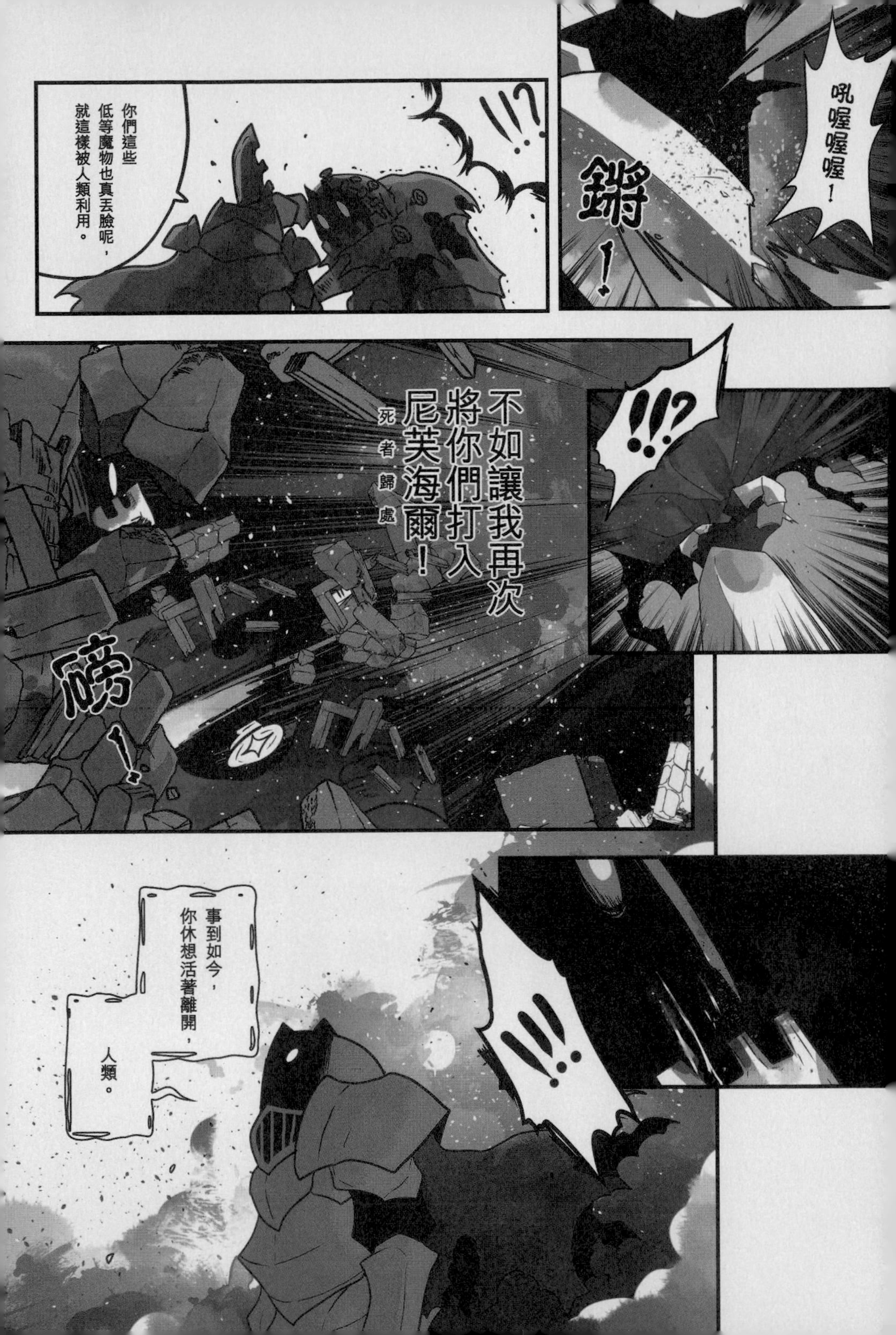
吼喔喔喔！
鏘！
!!?
你們這些低等魔物也真丟臉呢，就這樣被人類利用。
!!?
不如讓我再次將你們打入尼芙海爾！
死者歸處
磅！
!!!
事到如今，你休想活著離開，
人類。

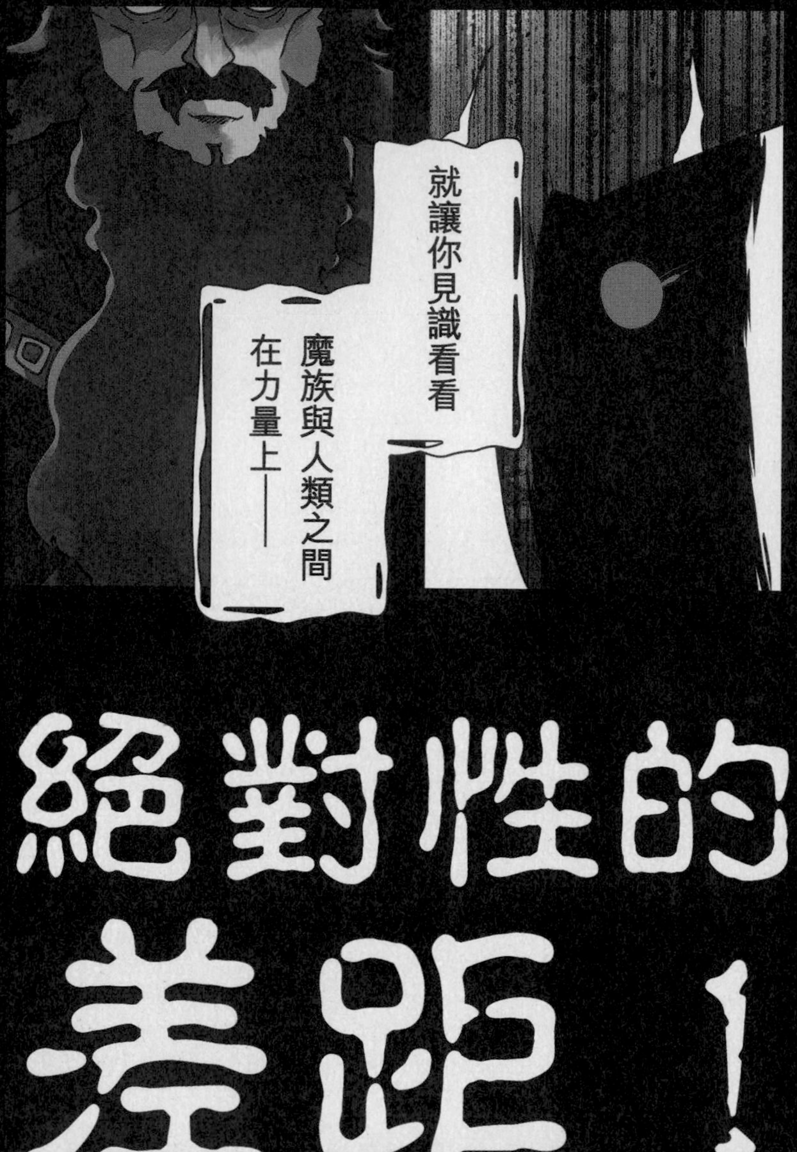
就讓你見識看看
魔族與人類之間在力量上——
絕對性的差距！

對不起
我認輸了，
我願意舔你的鞋子
請放過我。
……帶回去。
吼喔——！
唰——！
轟轟轟——
轟——！

嘖……來晚一步。
別希爾，妳還記得那老頭莊園的位置嗎？
記、記得！不遠的山上，最顯眼的城堡就是了！
很好，
那我們就去叨擾一下吧。
轟轟轟轟——！

怎麼一直看著窗外沉思不說話呢？
有什麼煩惱的事情嗎？
父親。
不……我沒事。
倒是妳，楠娜。
不好好躺著，身體可是會受不了的。

呵呵……父親好不容易幫我化了妝。
再加上今天感覺很不錯。
所以……想趁這時候，多看看窗外的景色。
畢竟，不知道還有多少時間……
楠娜！
血！
咳咳！
楠娜！
楠娜！
我先幫妳止血！藥！
……呵呵，果然無論化了多美的妝、
多麼鮮麗的紅唇……

都無法掩飾我生命盡頭的蒼白病容嗎⋯⋯
妳說，索沃克那傢伙，有個身染重病的女兒？
妳想說，
那是他的動機？
是的，那是一種被稱為「摩莉甘」的，
Morrigan
必死絕症。
⋯⋯沒有證據可以證明，
但是這件事疑點很多。
區區一個人類，居然擁有這麼強悍的力量。
索沃克雖然是二星勇者，但畢竟是個商人，實力應只跟普通一星勇者相當。
無頭騎士沒理由輸給這樣的傢伙。
妳想表達的是⋯⋯？
很有可能，索沃克．佛爾頌那傢伙——

完成了「大萬能藥」實驗，
服用並得到了「非人」的力量。
荒、荒唐！那種傳説中的稀有祕藥，
怎麼可能如此輕鬆簡單就被人類調配出來？
大萬能藥雖稀有，但古代文獻上並不是查不到。
況且以佛爾頌家族跟他軍火商勇者的身分，要取得原料不是難事。
但放心，那傢伙完成的，很可能僅僅是「實驗品」而已。
!?
因為，材料不足。

牢裡面的魔族奴隸，應該只有妳是地精（混血種）吧？
是、是的！
地精被掃蕩後，僅存的數量就瀕臨絕種。
要在同一地區同時出現兩隻，機率趨近於零。
這也是為什麼需要地精之血、地精之耳的「大萬能藥」，
以前僅是調配難度B級的祕藥，現在卻是相當稀有。
原來如此，加上致死率極高，調配好也不敢服用，
造就了它成為「傳說祕藥」……
除此之外，之所以稀有的最主要原因……
是因為材料，
還需要服用者血親的遺骸與靈魂。
!?
如果這本人類所編撰的城鎮史沒錯的話，
楠娜·佛爾頌是分家中，索沃克的唯一直系血脈。

很有可能，
索沃克為了要得到「大萬能藥」。
在取得稀有混血種的地精之耳後，
將會終結自己親生女兒的性命。
居然要犧牲自己的女兒……？
雖然以我們魔族的身分這麼說很怪，
但這傢伙
所以我們，
才更需要走這一遭。

針對洩漏任務
機密的米爾，
首席正在研擬
各種殘酷懲罰。

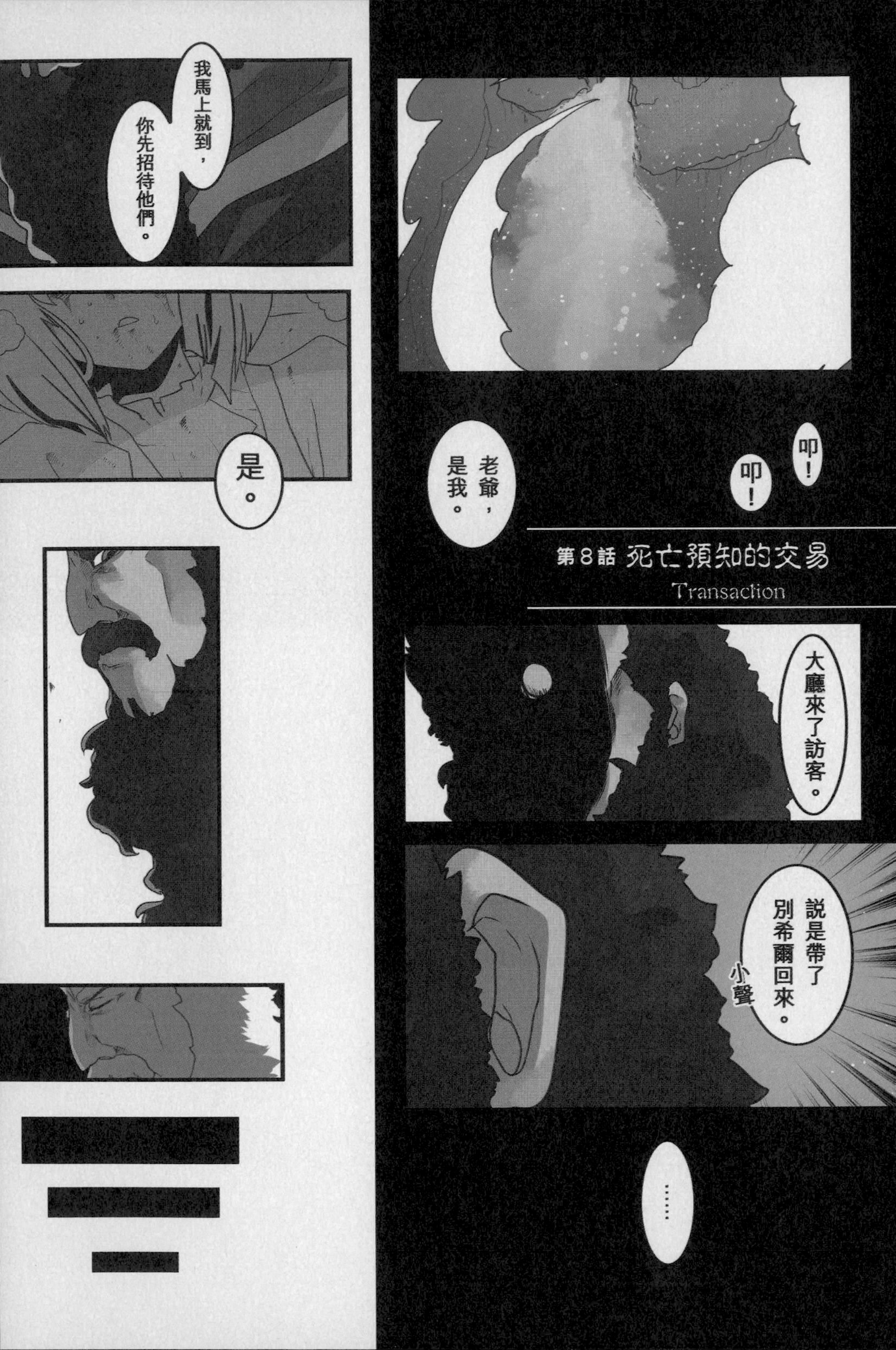
叩！
叩！
老爺，是我。
第8話 死亡預知的交易
Transaction
大廳來了訪客。
說是帶了別希爾回來。
小聲
……
我馬上就到，你先招待他們。
是。

妳好。
我是這莊園的主人——索沃克，招待不周還請見諒。
……客套話就免了，
直接切入正題吧，
你啊，抓了不少魔族對吧？
請把他們統統釋放出來吧。
……我聽不懂妳在說什麼？
哼——少裝蒜了。
我們這邊可是有能監視你城裡各個角落的能力。
像是這樣的影像。
啪！
啪！

快說！除了你之外的魔物同夥！
在哪裡！
幸福
洋溢
哈啊——
哈啊——
哈啊——
……
……呵。
看到了吧，後面那個傢伙，
就是我們的同伴。
是……
是奈爾！
被切割了！
……咦？

原來如此，
協會突然出現了很多賞金勇者，專門獵捕魔族。
妳們也是魔族吧？
還以為你們是特地帶那女孩來向我邀功。
……不過這樣就太愚蠢了。
原諒我，身為國家認可的二星勇者，
掃蕩魔族，安穩我負責的領地，是必然的職務。
奈爾千方百計讓妳逃離地窖，看來是白費了。
別希爾。
少裝蒜了，臭老頭。
跨越造物主的「禁忌事項」，
可不是一件光榮的事情。

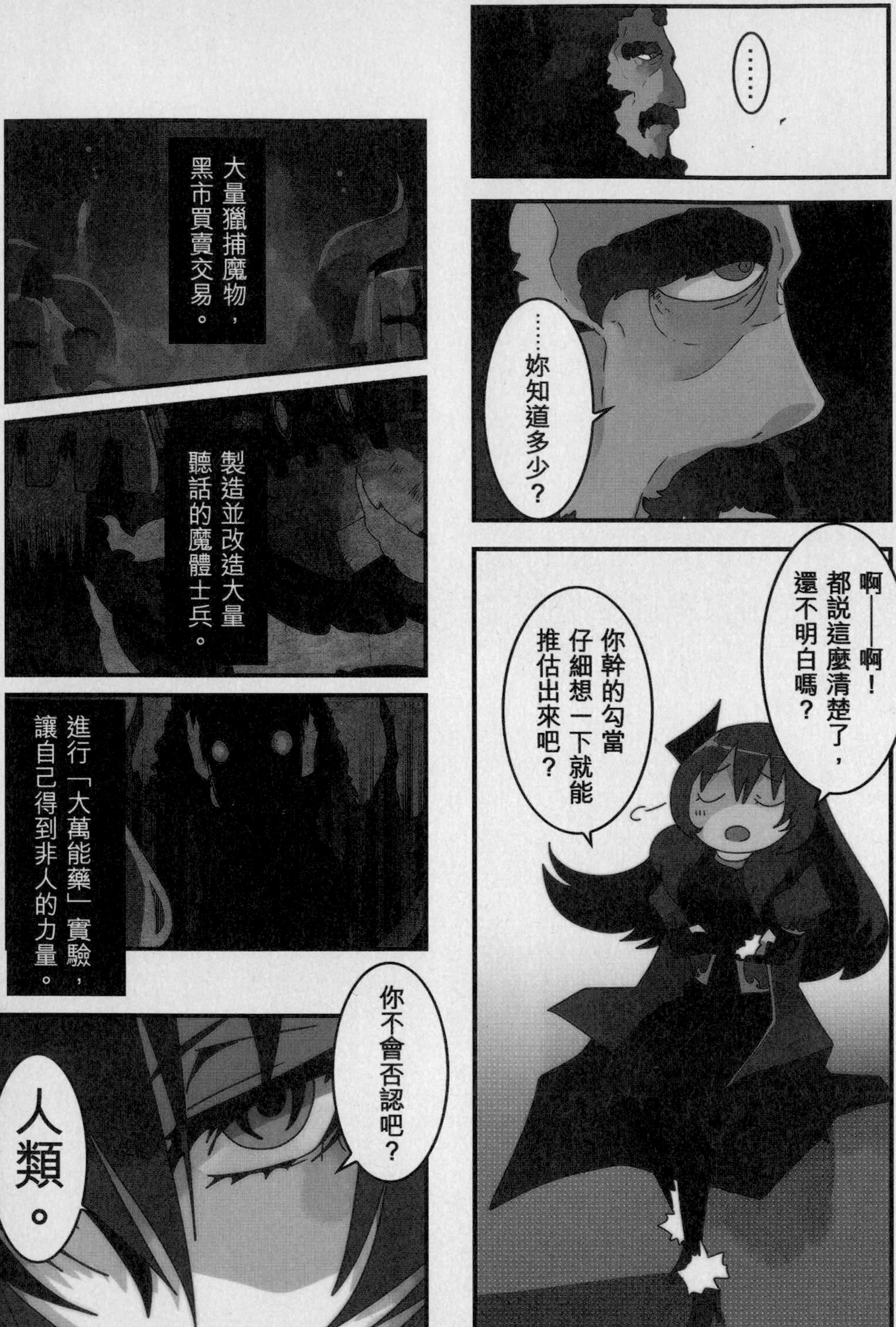
……
……妳知道多少？
大量獵捕魔物，黑市買賣交易。
製造並改造大量聽話的魔體士兵。
進行「大萬能藥」實驗，讓自己得到非人的力量。
啊——啊！都說這麼清楚了，還不明白嗎？
你幹的勾當仔細想一下就能推估出來吧？
你不會否認吧？
人類。

……
那又如何？
那還用說嗎？
我要痛扁你一頓。

不過說是這麼說，但我實在不是一個好戰的傢伙。
不用擔心～
所以想跟你來場「賭注遊戲」。
我勝利的話，就解放我的族人，還有你的所有財富。
我輸了的話，你想怎麼做就怎麼做吧。
就算你想繼續實驗、獵捕魔物都隨便你。
雖說你是區區人類，但好歹也是個貴族。
粗魯的廝殺應該不是我們該做的對吧？
話說回來，
這是什麼？沒見過的棋子。

……特魯海盜棋。
從南方傳來，人類貴族喜好的競棋遊戲。
喔——？
雖然我看都沒看過，
但那正好，魔族對人類不禮讓一點可說不過去。
稍微熟知一下規則後，
我就臨陣提槍的跟你來場賭注如何？
？

……？喂歌布琳，
……我不明白？憑赫露的力量，一瞬間就能揍飛這個老頭了吧？
小聲
為什麼要拐個彎玩賭博遊戲？
小聲
……很多原因啦。
小聲
啊？她可是死國之王耶？
小聲
事到如今還有什麼原……
轟轟碰——！
咦？
擦過

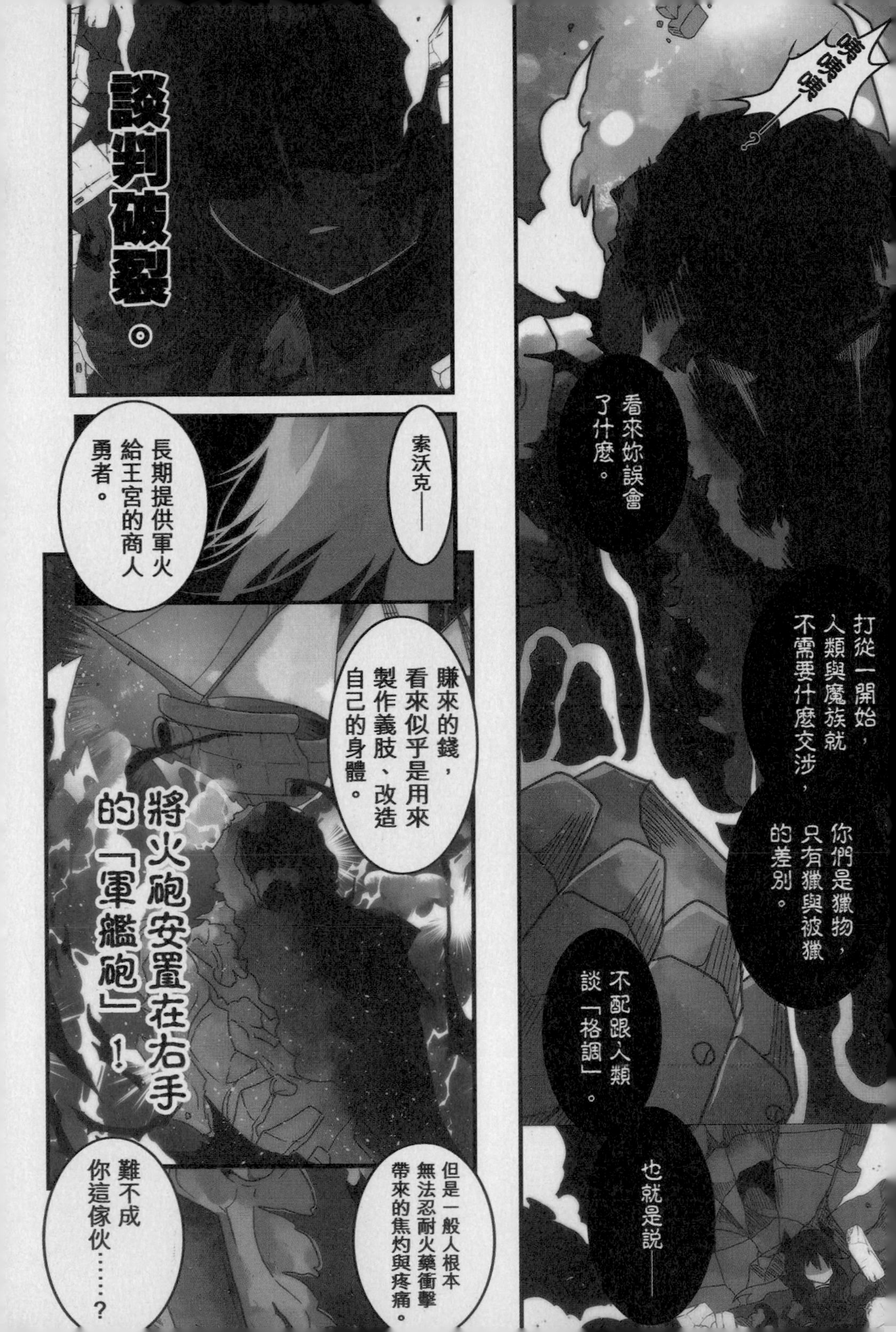
噗噗噗
?
看來妳誤會了什麼。
打從一開始，人類與魔族就不需要什麼交涉，
你們是獵物，只有獵與被獵的差別。
不配跟人類談「格調」。
也就是說——
談判破裂。
索沃克——
長期提供軍火給王宮的商人勇者。
賺來的錢，看來似乎是用來製作義肢、改造自己的身體。
將火砲安置在右手的「軍艦砲」！
但是一般人根本無法忍耐火藥衝擊帶來的焦灼與疼痛。
難不成你這傢伙……？

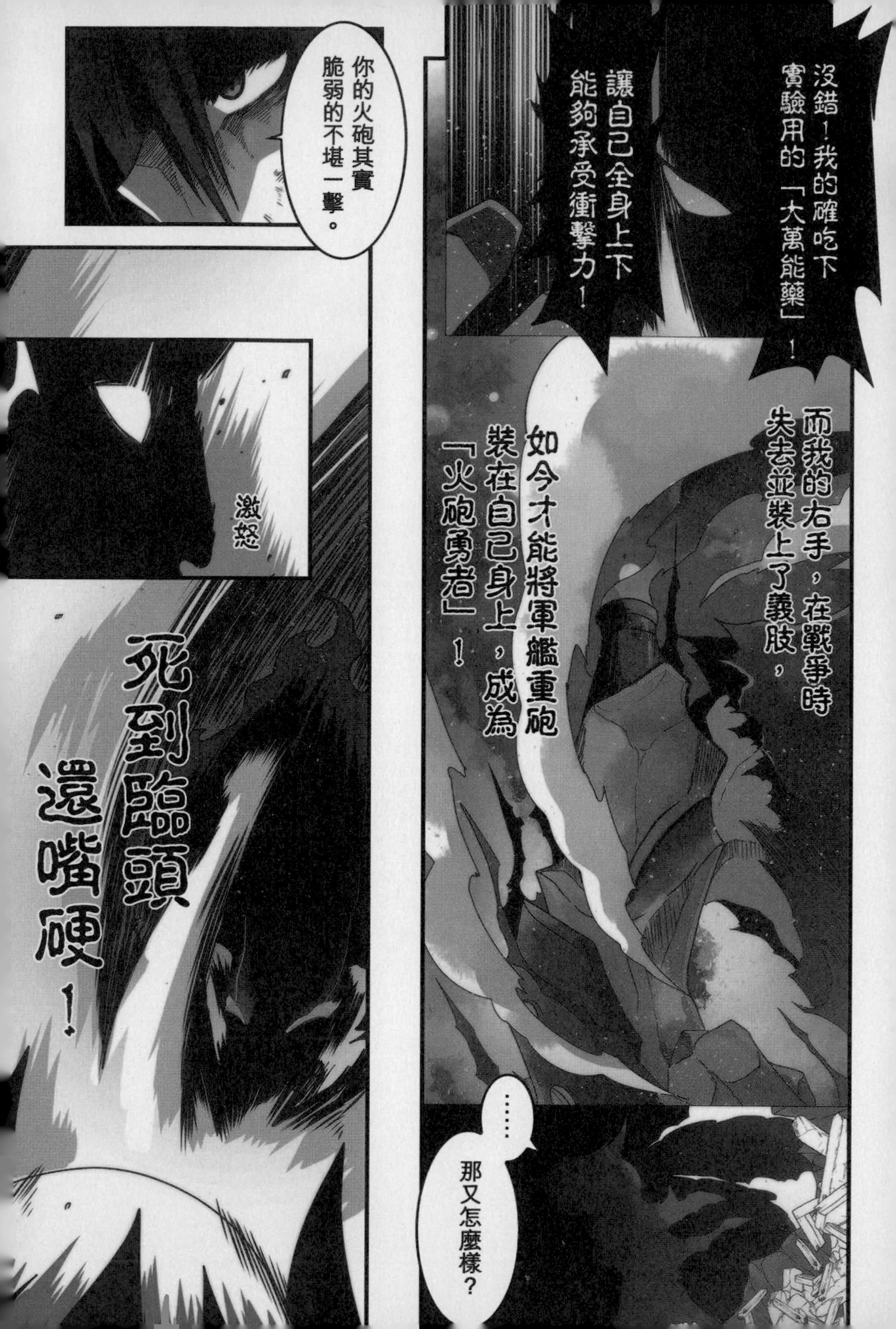
沒錯！我的確吃下實驗用的「大萬能藥」！
讓自己全身上下能夠承受衝擊力！
而我的右手，在戰爭時失去並裝上了義肢，
如今才能將軍艦重砲裝在自己身上，成為「火砲勇者」！
……
那又怎麼樣？
你的火砲其實脆弱的不堪一擊。
激怒
死到臨頭還嘴硬！

碰！！
什……！
什麼！
我說了，
不堪一擊。

碰!
嗚喔喔喔喔!
我、我的……右手!
成功了!
這下子火砲就失去功用啦!
我說了，
不過是用來攻擊戰艦的火砲，對我來說……
完全沒有用……嗚喔喔喔……
根本受到致命性的打擊啊啊啊啊!
喂、喂!
誰來幫她止血!
歌布琳，妳想將「飢餓」的力量還給我?

這次到地上去，肯定會遇到很多二星以上的勇者。
光靠妳那點魔力，我們會很難保護妳。
雖然僅僅是八分之一，但這本來就是專屬於妳的「力量」，
面對一些嘍囉應該綽綽有餘。
不過妳要答應我，
面對三星以上的勇者，絕對不能加以挑釁。
正面交鋒一定要逃，絕對不能應戰。
絕對！
……我知道了。
我絕——對不會跟他們決鬥的！
妳的眼神看來很躍躍欲試啊。
放心啦，我才不會貧弱到輸給人類呢。
其實仔細想想，如果妳陣亡了，魔王位置就是我的了！
妳這傢伙！

當初把我的力量還給赫露是正確的……
唉。
否則現在可能早已粉身碎骨。
嗚……我聽說魔族並沒有深刻的同情概念！
那為什麼？為了區區幾隻魔物，你們要來妨礙我？
目的是什麼？
目的？
那還用說嗎？當然是——
錢。
!?
我以前可是統管整個死國的領主！
但自從破產後，受盡了折磨……

所以我發誓！我要掠奪你們還清我的負債！
我的救星就是你們這些暴發戶勇者大人！
愈說愈沒格調啦！
魔王陛下！
……本來是這樣啦。
但是來到這個城鎮後，發現地上的治理，
跟我想像的似乎有點不太一樣。
雖然頒布了勇者制度，但還是出現了像你這樣的傢伙。
雖然不想插手地上的事情，但看來你們尊敬的英雄王，
並不如外界說的那麼賢明嘛。

所以說——
啪！
為了剷除像你這樣的傢伙……
跟我來場賭博吧。
賭上彼此的一切。

如何？
人類。
待續……

睫毛子無慘
S開発三昧
番外篇！《負債魔王》內幕紀實！

關於番外篇命名的由來。
要另外取名字喔？
那就……開發三昧？（超隨性）
好喔，……三昧，開發
咦？莎菈大人這次都沒意見？
寫寫
不都會問我什麼意思嗎？
……反正一定是什麼糟糕變態梗吧？
沒禮貌！我看起來像是那種人嗎？什麼糟糕變態？
難道不是嗎！上次那個無慘也是啊！

乖小孩請不要咕狗。

接著來談談《負債魔王》這本書吧！
在七月底時，由comico的編輯J氏來跟我接洽。
經過半年的連載，
才能以單行本的姿態跟大家見面！
負債魔王
單行本啊……想想真是不可思議，人生中第一本有集數的書……
而如果問我，連載的感想如何用一個字形容……
那大概就是——
趕。
要說有多趕呢？當時確定連載時，大概是七月二十幾號。
然後八月一號正式連載喔！
超趕的啦！
準備期間印象中只有一個禮拜多。
緊迫的時間讓我壓力非常大。（速度很慢的人）
但這樣的我還是順利交稿了，還多繪製了一話。
我……還有多畫一話當積稿……！這樣就不怕開天窗了喔……！
啊，我沒說過第一話是黃金合併號，一次要連載兩回嗎？
妳沒講啊啊啊！

積稿·消滅。

三聲。

總之能夠順利連載到現在突破二十話……
真的受到很多人的幫助啊……像是我的編輯A氏。
行銷那邊要做臉書廣告喔。
真的嗎？
就挑這兩張圖吧，你覺得如何？
沒問題喔！
結果臉書說太暴露，要我們加穿衣服……
蛤!!!?

被禁止刊登。

暴露啊……其實我剛畫的時候也想過這問題……
嗯……
那來幫赫露畫個有衣服版本吧。
畫
畫
咦你在幹嘛？
在幹嘛……？就……畫赫露的衣服，
這樣臉書才能上架啊。
可是臉書說太暴露的是歌布琳耶？
蛤!!!?

赫露卻過關了……？

以前看週刊連載漫畫時，
都會想說一週交一次稿是什麼感覺？
現在我……
終於可以跟大家解釋啦！
從來沒有人……
禮拜三
禮拜二
轟隆隆—！
可以越過我的劍圍。
大概就是拖稿你就死定了的感覺。

《負債魔王》連載前，原本的故事其實是……
從鄉下來的少女，因為崇拜某繪師，而來到其任職的遊戲公司面試。
卻發現每個人都擁有強烈的個性，所引發的一連串遊戲公司小品！
但最後為什麼不採用這個故事呢？
……
……因為
我不會畫現代背景啊啊啊啊啊啊！
就是這個理由。

其他還有像是政治漫畫，
議員少年助理一路往上爬的故事。
但卡在對政治實務並沒有很熟，
所以常常在想如果要畫，是否要去體會一下？
這樣的話，柯P有在海選耶，要不要去參加看看？（當時正在競選臺北市長）
堅決反對。
為什麼？覺得海選不會上？
這也是其中一個原因，但最主要是——
感覺在柯P底下做事超累的。
我想要爽一點……
這樣你的主角只會變成像你一樣的懶散鬼喔。
當然還有比較拿手的當兵題材。
義務役與志願役之間的愛恨情仇（？）
以各種寶箱陷害勇者的哥布林大逆襲RPG故事。
還有剛剛提到的遊戲公司戀愛（？）小品故事。
綜合了以上幾點——
《負債魔王》就誕生了！
根本沒有一個地方有連結到啊啊啊啊啊啊啊！

誠徵有從政經驗的原作（欸

哥布林那段勉強算啦。

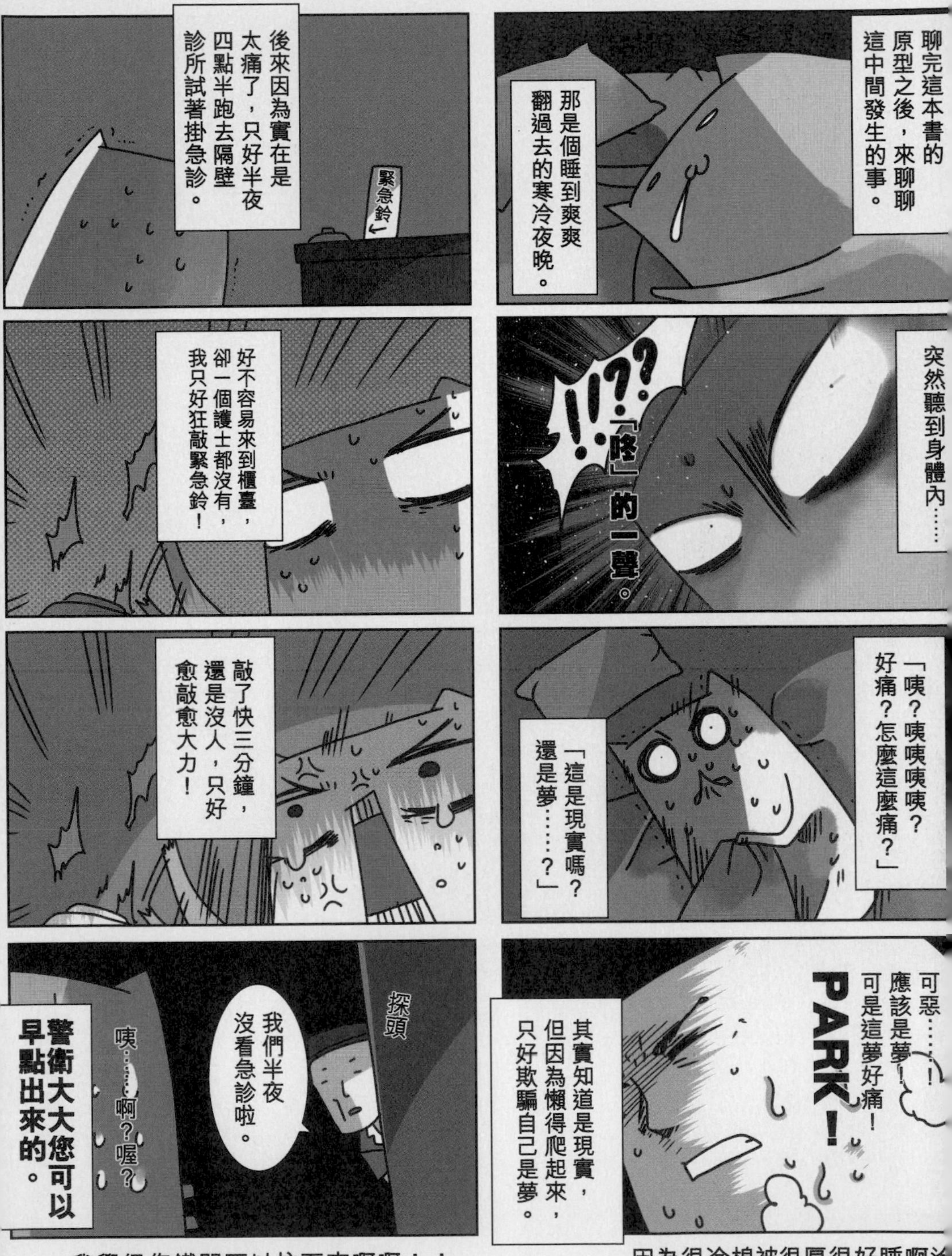
聊完這本書的原型之後，來聊聊這中間發生的事。
那是個睡到爽爽翻過去的寒冷夜晚。
突然聽到身體內……
!!??
「咚」的一聲。
「咦？咦咦咦咦？好痛？怎麼這麼痛？」
「這是現實嗎？還是夢……？」
可惡……！應該是夢！可是這夢好痛！
PARK！
其實知道是現實，但因為懶得爬起來，只好欺騙自己是夢。
後來因為實在是太痛了，只好半夜四點半跑去隔壁診所試著掛急診。
緊急鈴←
好不容易來到櫃臺，卻一個護士都沒有，我只好狂敲緊急鈴！
敲了快三分鐘，還是沒人，只好愈敲愈大力！
探頭
我們半夜沒看急診啦。
咦……啊？喔？
警衛大大您可以早點出來的。

因為很冷棉被很厚很好睡啊沒

我覺得您鐵門可以拉下來啊啊！！

因為家裡樓下的診所沒營業，最後決定到大醫院掛急診。
這時候疼痛指數已經快飆破百了。
走到停機車的地方大概要五分鐘，機車到大醫院則要三分鐘。
3分鐘
哼……總計八分鐘的路程嗎？
好！就讓我颯爽的……
計程車。
近到不會跳表我還是要坐。
對，就是已經痛到我連走去牽車，騎過去都覺得想死。
小黃運將好像也很擔心我的樣子。
下車後他不但優待少算我零頭，還對我說：
保重身體啊。
嗯……我會的……
啜泣
人間處處有溫情（？）
他用超火速送我去急診。

人生中第一次掛急診才知道，
急診還是得排隊，而且有時候更久。
好不容易終於輪到我。
興奮得說不出話
!!!
身體有什麼問題？
結果我遇到字跟字中間，間隔很開的NPC護士。

說好聽是無口萌，說難聽就是……

是不是覺得腰部像千刀萬剮？
點頭！
扭來扭去
是不是覺得刺刺的？刺刺der？
點頭！
點頭！
疼痛不已
要量血壓，手過來——
點頭！
扭來扭去
不要亂動。
焦躁
痛到快死了怎麼可能不扭動？

說這句話特別快。

你這個吼，一看就知道是積勞成疾。
像這個數值，正常人是三十，你都破萬了，注意一下身體啦。
來，我請護士幫你打止痛針，會有點痠喔，忍耐！
止痛？快幫我打！很痠？是能有多痠？
不是我在蓋的，我可不怕打針喔！
淦超痠的……！
經過這次出書跟連載，我的腰就輕易的爆炸，
真讓人深刻覺得健康的重要性！
大家也要保重身體！跟赫露一起冒險下去！
真的！很謝謝你們的支持！
貧乏無罪！

負債魔王Devil Game 2

2015下半年・Coming Soon

FUN系列 008

負債魔王 Devil Game 1

作　　者—睫　毛
主　　編—陳信宏
責任編輯—葉靜倫
責任企畫—曾睦涵
編排設計—YunLong　kil-ran@yahoo.com.tw
完稿設計—果實文化設計　fruitbook@gmail.com
校　　對—謝惠鈴
董 事 長
總 經 理—趙政岷
總 編 輯—李采洪
出 版 者—時報文化出版企業股份有限公司
10803　臺北市和平西路三段二四〇號三樓
發行專線—（〇二）二三〇六六八四二
讀者服務專線—〇八〇〇二三一七〇五・（〇二）二三〇四七一〇三
讀者服務傳真—（〇二）二三〇四六八五八
郵撥—一九三四四七二四　時報文化出版公司
信箱—台北郵政七九至九九信箱
時報悅讀網—http://www.readingtimes.com.tw
電子郵件信箱—newlife@readingtimes.com.tw
時報愛讀者粉絲團—http://www.facebook.com/readingtimes.2
法律顧問—理律法律事務所　陳長文律師、李念祖律師
印　　刷—詠豐印刷有限公司
初版一刷—二〇一五年一月十六日
定　　價—新臺幣二六〇元
⊙行政院新聞局局版北市業字第八〇號

國家圖書館出版品預行編目資料

負債魔王 1／睫毛　著
初版. -- 臺北市 : 時報文化, 2015.01
面； 公分. -- (Fun系列 ; 8)
ISBN (平裝) 978-957-13-6173-4
859.6　　103027259

ISBN 978-957-13-6173-4
Printed in Taiwan

Devil Game Devil Game Devil Gam
evil Game Devil Game Devil Game
Devil Game Devil Game Devil Gam
evil Game Devil Game Devil Game
Devil Game Devil Game Devil Gam
evil Game Devil Game Devil Game
Devil Game Devil Game Devil Gam
evil Game Devil Game Devil Game
Devil Game Devil Game Devil Gam
evil Game Devil Game Devil Game
Devil Game Devil Game Devil Gam
evil Game Devil Game Devil Game
Devil Game Devil Game Devil Gam
evil Game Devil Game Devil Game
Devil Game Devil Game Devil Gam

Devil Game Devil Game Devil Game
evil Game Devil Game Devil Game
Devil Game Devil Game Devil Game
evil Game Devil Game Devil Game
Devil Game Devil Game Devil Game
evil Game Devil Game Devil Game
Devil Game Devil Game Devil Game
evil Game Devil Game Devil Game
Devil Game Devil Game Devil Game
evil Game Devil Game Devil Game
Devil Game Devil Game Devil Game
evil Game Devil Game Devil Game
Devil Game Devil Game Devil Game
evil Game Devil Game Devil Game
Devil Game Devil Game Devil Game